新潮文庫

もういちど

畠中恵著

新潮社版

11838

目次

もういちど

もういちど

1

廻船問屋《かいせんどんや》兼薬種《やくしゅ》問屋、長崎屋《ながさきや》の主《あるじ》夫婦が、西への旅から帰った後のこと。

江戸ではいつにないほど、雨が降らなかった。まだ田植えも始まっていないというのに、季節外れの、夏のように暑い日々が続いていたのだ。

いっそ見事と言えるほど、来る日も来る日も、真っ青な空を拝むことになった。よって長崎屋では、若だんなが暑さで体を壊さないよう、離れの面々一丸となって手を打った。

まずは日を遮る為《ため》の、大きな簾《すだれ》を沢山《たくさん》、離れの濡《ぬ》れ縁の外側に垂らした。掘り抜き井戸から汲《く》んだ冷たい水を、毎日、何度も庭に撒《ま》きもした。

長崎屋にある稲荷《いなり》様に、社《やしろ》が傾くほど数多《あまた》、供え物をし、若だんなが病にならないよう願った。

ったのだ。

仁吉《にきち》と佐助《さすけ》、二人の兄《にい》やと妖《あやかし》達は、若だんなの無事を願い、次々と手を打っていったのだ。

ところが。そこまでして頑張ったというのに、兄や達は不安に駆られた。小鬼の鳴家《やなり》達が、暑いと水浴びを始めた日、若だんなが突然、畳の上に倒れてしまったのだ。

大急ぎで医者の源信《げんしん》を呼ぶと、源信は若だんなを濡れた手ぬぐいで冷やし、水を飲ませてから、珍しく渋い顔を見せてきた。

「今、世間でも増えてる病だね。若だんなのように、身の内に熱を貯《た》めてしまう者が、倒れてる」

誰もがまだ、暑さに慣れていなかった。そんな時期にいきなり、季節が夏のようになったので、皆、体が保《も》たないという。源信は顔を顰《しか》めていた。

「きゅい？」

鳴家がすぐ側《そば》で部屋を軋《きし》ませたが、小鬼の姿は、源信には見えていない筈《はず》だ。鳴家達は元々、人の目には映らない妖だから、源信は何を気にすることもなく、話を続けていく。

「おまけに水が涸《か》れてきているから、井戸の水さえ心許《こころもと》なくて、行水もままならないときてる。おや、長崎屋さんの井戸は、深い掘り抜き井戸だから、まだ大丈夫なのか」

ならば、水に困ったら長崎屋を頼ろうと、源信は真剣に言ってきた。

「山の方の小さな川じゃ、水量が減って、舟が遡《さかのぼ》れなくなった所も出てきたってことだ。このままだと、田植えが難しくなると、お百姓達は顔色を変えてるとか」

正直な話、飲み水の次に、田植えの水が大事であった。どこの村でも、一斉に村長《むらおさ》達が動いているという。

「近き場所にある龍神の宮へ供え物をし、雨乞《あまご》いをしているって話だ。皆、真剣だよ」

今年は何かが、いつもとは違った。どうにも奇妙な年だと、村でも町でも噂《うわさ》になっているらしい。

「夏は、今以上に暑くなるかもと、占いが出ているようだ」

「ぎょべーっ」

源信は、そうなったら若だんなが保たないと、ここで転地を勧めてきた。

「長崎屋さんは、根岸に寮を持っているだろ。あそこなら、町中よりは涼しかろう。秋になるまで、あっちで暮らしちゃどうかね」

「けほっ、源信先生、やっと店に慣れてきたんです。私は、働いていたいんですけど。

あれ先生、何で天井見てるんです」

若だんなは、頑張りたいと言ったのだが、誰も承知してくれない。奉公人姿の妖、屏風《びょうぶ》のぞきや金次《きんじ》までが、兄や達と、根岸へ行く話を始めていた。

風野《かぜの》を名乗っている付喪神《つくもがみ》、屏風のぞきは、他にも家を買い、若だんながゆっくり休めるようにするべきだと口にした。

「兄やさん、根岸だって暑い時があるぞ。だからいっそ、もっと北に一軒買ったらどうかね。この天気でも、涼しい所はあるだろう」

「おお、それは良い案だ。川沿いに買えば、少々離れた所でも、若だんなとて行きやすかろう。そうだね、禰々子《ねねこ》殿に声を掛ければ、良き家を教えて貰《もら》えるかもしれない」

頼んでみようと佐助が口にし、禰々子が関八州の、河童《かっぱ》の大親分とは知らない源信も、頷《うなず》いている。

(やれ、暫《しばら》く働けないのか)

若だんなは暑さに包まれたまま、離れの床で溜息《ためいき》を漏らした。最近やっと、店へ出る日も増えていたのに、また寝床で過ごすことになるのが、歯がゆい。情けない。若だんなは薬種問屋の次の主なのに、暑さが続いただけで、あっという間に寝付いてしまうのだ。

(病とは関係のない、強い体に生まれてたら。私は、どういう暮らしをしてたんだろ)

考えても、せんない事だと分かっているのに、今日のように起き上がれなくなった日は、つい、頭に浮かべてしまう。以前、貧乏神の金次が長崎屋へやって来た頃、いつになく調子が良かった時があったが、ああいう日が、ずっと続くという事だろうか。

(もし、そんな日が来たら、良いだろうなぁ)

若だんなにとってそれは、富くじで一番を当てるよりも、ずっと嬉《うれ》しい日々に違いない。

(お金より、丈夫な体になるっていう富くじの褒美《ほうび》が、あったら良いのに)

横になって考えていると、水を飲んで落ち着いたからか、うとうとと眠くなってくる。じき、源信が立ち上がると、兄やが表へ送っていった。一方金次達は、禰々子へ文を届けてもらう為、河童を呼ぼうと話し始めた。

手間賃として、胡瓜《きゅうり》を河童に渡す為、青物売りが離れへ呼ばれてくる。すると振り売りは、今は渇水だから青物は皆高いよと、まず一番に話してきた。

その高い値も、庭で口にした筈だが、眠りに搦《から》め捕られてしまい、覚えていない。

どこか深いところへ引き込まれていく若だんなの耳には、鳴家達の笑い声だけが届いていた。

2

目を覚ますと、若だんなの周りで、沢山の鳴家達が寝ていた。

「きゅい、きゅわ、お腹《なかす》空いた」

今日は、若だんなが食べやすい品として、冷《ひ》や奴《やっこ》が夕餉《ゆうげ》に出るらしい。縁側に置いた盥《たらい》には、山と豆腐が入っており、傍らで、猫又《ねこまた》のおしろが豆腐を切り分け、付喪神の鈴彦姫《すずひこひめ》が、椀《わん》に入れている。

鳴家も手伝うと言っているが、きっと少し食べてしまい、豆腐が欠けるから駄目だと、おしろが止めた。

「わたし、冷や奴はぴしりと四角いのが、好きなんです。まだ、食べちゃ駄目ですよ」

「きゅい、豆腐、美味《おい》しい」

暇なら、薬味をすりおろしてと言われ、何匹かの鳴家が、生姜《しょうが》を抱えた。若だんな河童が床の上で起き上がると、縁側に河童が来ていて、美味しそうに、胡瓜にかぶりついている。

「これは若だんな、今日も病だけど、まだ死んでいなくて何よりです。禰々子の親分も喜ばれますよ」

「はは、どうも」

　若だんなが苦笑を浮かべると、側を通る時、屏風のぞきがぺしりと、河童の甲羅を叩《たた》いていく。痛くもなかったのだろう、首を傾《かし》げた後、杉戸《すぎと》と名乗った河童は、胡瓜を軍配のように振りつつ、話を続けた。

「若だんなが家を買うとか。今日はその用で、禰々子姉さんへ文を渡して欲しいというんで、呼ばれたんですがね」

　隅田川沿いに、若だんなが越してくれれば、河童も遊びに行けるし、嬉しい。

「禰々子親分も家くらい、直《す》ぐに探して下さるでしょう」

　ただ今の家移りは、時期が悪いかもしれないと、ここで杉戸は言い出した。

「何が拙《まず》いのかって？　ええ、しっかり話します。だから若だんな、一緒に冷や奴でも食べつつ、語るのはどうでしょう」

　いつの間にか胡瓜が消えていたので、次は豆腐を食べたいらしい。若だんなが笑って頷くと、長崎屋の離れは夕餉の刻限となる。兄や達が現れたところで、飯や豆腐の椀を受け取った杉戸は、嬉しげな顔で語り始めた。

「今年、お江戸の天気ときたら、おかしいでやんしょ？　実は利根川の水も、いささか減ってます。禰々子姉さんが、坂東太郎《ばんどうたろう》に訳を問うたんですが、雨が少ないわけは、太郎さんにも分からないって事でした」

それで禰々子は、日の本にいる河童達に、訳を問う文を出したのだ。すると、九州河童の大親分、九千坊《きゅうせんぼう》河童が、事情を知らせて来た。

「何しろ九千坊河童の親分は、隣の大陸にある黄河から、日の本へ移って来られた方で。星見が出来るんですよ」

つまり星に詳しく、様々なことを占えるのだ。杉戸は一口で大きな豆腐を飲み込むと、お代わりを貰い、嬉しげに笑った。

「でね、でね、九千坊の親分によると、今年は何と天の星が、代替わりする時なんだそうです」

「天の星って、代替わりをするものなの？」

初めて聞く話で、若だんなも長崎屋の妖達も、豆腐片手に目を丸くしている。杉戸河童は重々しく頷くと、夜空で生きているかのようにまたたくのは、星にも、恐ろしく長い一生がある証《あかし》なのだと話した。

「九千坊の親分によると、星の代替わりは、滅多にあることじゃないそうで。ですから代替わりの年には、大事が起きるって言います」

前回、この代替わりが起きたのは、二百年ほど前のことらしいと、杉戸は言った。

「その時は、徳川が天下を握って、日の本の主となったとか。確かに、大きな事が起きてますね」

今年は、まず日の本中、日照りとなっている。そしてだ。

「このままじゃ田植えに困ると見て、あちこちの水神宮で、一斉に雨乞いの祈禱《きとう》が行われてます。ええ、祈ることが、悪いってんじゃないんですがね」

ただ、龍神の降臨を請《こ》う祈禱が成されれば、当然、龍神が姿を現す。それが一頭二頭のことでなく、多く現れるとなると、そのこと自体が、大事を引き起こしそうなのだ。

「最近ね、隅田川に数多の龍神が現れてるって、仲間の河童が言ってます」

人の目には見えないが、若だんなや妖達には分かるだろうと、杉戸は口にした。

「実は、河童達も龍神を恐ろしがって、大勢が利根川へ、逃げてきてるんですよ。利根川は、日の本一大きい川、坂東太郎だ。龍神も、勝手は出来ませんからね」

だが、両岸近くの水神宮で祈禱が成され、数多の龍神が現れた隅田川では、そうはいかない。既に龍神が水底から湧《わ》き上がり、天から水へと飛び込み、川で大きな波を立てているのだ。

ここで杉戸は、長崎屋の皆を見つめた。

「若だんなは、舟で新しい家へ、移るおつもりでしょう？　ですが今、隅田川で舟に乗るのは、無理がある。長崎屋の若だんなを止めておかないと、あっしが禰々子姉さんに、叱《しか》られちまいますよ」

多分じき、舟で隅田川をゆくことは、出来なくなる筈と、禰々子は考えているという。

「見れば分かるでしょうけど、水神宮での祈禱で呼び寄せられた龍神っていうのは、大きいんです。長さは鯨と競う程なんですよ」

それが数多川にいては、猪牙舟《ちょきぶね》や荷運びの舟など、あっという間に、ひっくり返ってしまう。それほど、隅田川に集う龍神の数は、日々増えていた。そして。

「もし水に落ちたら、具合の悪い若だんななど、あの世に行ってしまいますよ」

「きゅんべ、若だんな、死ぬの？」

驚いたおしろと鳴家が、長火鉢の横で顔を強《こわ》ばらせる。兄や二人は、はっきり眉間《みけん》に皺《しわ》を刻んだ。

「ならば、北に家を買うのは、当分無理か」

「仁吉、では根岸へ行きたいが、どうやって向かおうか。若だんなに根岸まで、駕籠《かご》に乗ってもらうのは、大変だぞ」

駕籠は揺れるし、窮屈な上、酔うこともある乗り物なのだ。具合の悪い若だんなを、根岸まで長く駕籠に乗せるのは、気が進まないと佐助が言う。

「余計病むことになったら、どうする」

長崎屋から北へ向かうなら、やはり隅田川を遡ることが、一番楽であった。それに、そもそも江戸一の川が塞《ふさ》がれてしまっては、廻船問屋を営む長崎屋の商いにも障《さわ》りそうだ。

「さて、困ったことになったな」

ここで仁吉が杉戸へ、禰々子河童は星の代替わりと、どう対峙《たいじ》しているのかを問うた。

「河童は、水の内で暮らす者だろう。日照りや龍神で川に住みづらくなっては、困るだろう」

杉戸は豆腐をまた一口で飲み込むと、大きく頷いた。

「ただうちの姉さんでも、ああも数が多いと、龍神を川から追い出すって訳にも、いかないですからね。それに龍神方に、雨を降らして頂きたいのも本音だ」

それで禰々子は今、知り合いの龍神と、話しているところだという。以前禰々子は龍神の目を、神官達から取り戻したことがあった。

「ですから禰々子姉さんだけは、今でも隅田川で泳げるんですよ。姉さんには、水神宮のご神体、金鱗《きんりん》の龍神のご加護があるんです」

すると盥の周りに集まり、崩れた豆腐の残りを食べていた鳴家達が、きゅい、きゅわと騒ぎ始めた。

「きょわ、若だんなも、禰々子と一緒。龍の目、守った」

「大きな目。大きな大きな、鬼の目」

「きゅんい、龍の目は、鬼とそっくり」

「鳴家の目と、そっくり」

その話を聞いた途端、以前長崎屋の窓一杯に、大きな鬼の目が見えたことがあったと、妖達も言い始める。屛風のぞきが手を打った。

「そうだ、大雨が降って、長崎屋の辺り一帯が、水の中に浮かんじまった時の事だよ。龍が、無くした自分の目を、江戸へ探しに来たんだっけ」

それであの時は、雨が降り止《や》まなかったのだ。禰々子がその目を取り戻し……確か、そこには若だんなもいたはずであった。いや、それどころか龍の目を、表の龍に差し出したのは、若だんなだった筈と、屏風のぞきが口にする。

「きゅい、そう、そう」

「つまり若だんなも、龍の恩人ってことだな」

佐助が頷き、ならばと言葉を続ける。

「禰々子殿の仲立ちで、龍神に頼めないだろうか。目の奪還に力を貸した若だんなが、病になった。それゆえ根岸へ行くのに、隅田川を舟で通して欲しいと」

川沿いに他の家を買うことは、一旦《いったん》諦《あきら》めると、兄や達が言葉を添えた。

「おおや、了解です。つまり家を買う件じゃなくて、隅田川を舟で遡りたいと、姉さんに言えばいいんですね？」

「詳しくは、禰々子殿への文に書いた。手間だが、よろしく頼む」

とりあえず今日の分の礼として、河童が背負えるだけの胡瓜を、手ぬぐいにくるんで託すと、杉戸は、それはそれは嬉しげな顔になった。

「禰々子姉さんは、大物です。なに、龍神はきっと、川を通して下さいますとも」

「御礼として龍神へは、山ほど御酒をお供え申し上げる。龍神は酒を好まれると聞いているのでな」

「そちらも、姉さんに伝えておきます」

「きょべ。鳴家に、お菓子のお供え物は？」

杉戸河童は、胡瓜を一本齧《かじ》りつつ、近くの堀川へ飛び込み、長崎屋を後にしていった。若だんなは、早々にまた床へ伏せると、妖達が、絞った手ぬぐいを額に乗せてくる。

「根岸で暑い時期を乗り越えたら、きっと大分、良くなりますよ」

「仁吉、佐助、今年は長崎屋で、頑張ってはどうかって、言ってくれないの？」

「そんな恐ろしいこと、言えませんよ」

「……………」

若だんなが溜息をついていると、小鬼達がわらわらと寄ってきて、共に寝始める。やはりまだ暑さが抜けていないようで、総身が重たい。

「沢山の龍神が川にいるのって、凄《すご》い眺めだろうね。私にも見えるだろうって、杉戸河童は言ってたけど」

ならば根岸へ行くとき、若だんなは舟から目にするだろうと、仁吉が笑って言った。眠りに落ちるとき、龍神が夜空へ昇っていく様を、見たような気がした。

禰々子は若だんなの病を知ると、早々に次第を、龍神へ伝えてくれたらしい。杉戸河童は、三日の後には長崎屋へ戻ってきて、返事を伝えてきた。

「雨の日の出来事を、龍神は覚えておいででした。水神宮の龍神は、目を戻してくれた礼を、するとのことです」

つまり長崎屋の皆は、隅田川を通る許しを得たのだ。

待っている三日の間も、江戸では暑さが続いており、若だんなは夜、余り眠れないものだから、昼間もふらふらしている。仁吉と佐助は、根岸へ向かう支度を急いだ。

一方長崎屋の主夫婦は、三日の間、大事な一人息子の病を、酷《ひど》く心配し続けていた。お供え物の重みで、庭の稲荷が潰《つぶ》れることを案じた化け狐達は、水神宮へ酒を奉納することを、おたえへ勧めたという。

若だんな達は隅田川を遡り、根岸の寮へと向かうことになっている。つまり、水神宮の前を舟で通るのだから、龍神にこそ、感謝を向けるべきだ。化け狐達は親へ、そう話を持って行ったのだ。

3

すると二親が張り切ったので、若だんなは離れから出る前に、仁吉から驚くべき話を聞くことになった。

「旦那様とおたえ様は、水神宮の前へ、お供え物として、上は屋根まで届くほど酒樽《さかだる》を積み重ねたそうです」

あれ以上は積み重ねられないので、酒を供えるのはまたの機会にすると、兄や二人は言う。若だんなは、酒樽が崩れないかと、そちらを心配することになった。

「その酒樽から飲んだのか、隅田川に来ていた龍神が、水神宮の酒を飲んで酔っ払っていると、杉戸河童が言ってました」

「あれま。水神様に、ご迷惑をかけてなきゃ、いいけど」

若だんなは神社を案じたが、長崎屋の面々は、とにかく無事、根岸へ行かねばと、そちらに気を取られている。佐助は、川風に吹かれても寒くないよう、まずは、起きて支度をする若だんなを、綿入れにくるんできた。

ところが今は暑かったので、若だんなはあっという間に顔を赤くし、縁側に座り込んでしまう。佐助が慌《あわ》てて、綿入れを脱がせたものの、薄い着物姿で川を行かせるのは、心許ないという。

結局、若だんなは湯たんぽ代わりに、鳴家を抱え、懐《ふところ》や袖《そで》にも入れた。川には龍神が一杯来ていて、危ういという話だったから、屏風のぞきは後から来るおたえに付き添い、歩いて根岸へ来ると話が決まった。

「あたしは本体が屏風で、紙で出来てるもの。水が怖いから、舟で行かなくてもいいのは、ありがたいけどさ」

一人だけ遅く行くのは、なんだか面白くないと、屏風のぞきが拗《す》ねている。しかし、兄や達はさっさと若だんな達を連れ、堀川から舟に乗った。

佐助が漕《こ》ぐ舟は、いつもであれば揺るぎもしないのだが、今日は、隅田川で一番河口に近い永代橋が見えてくると、波に揺られることになる。

「きゅいっ、いたっ、龍！」

舟の上から鳴家が天を指し、皆の目がそちらへ向けられる。すると隅田川の大きな流れの上を、巨大な竜巻のようなものが、飛び交っている。若だんなは思わずつぶやいた。

「恐ろしいほど大きい。あれが龍神達か」

尾の先が遥《はる》か遠くにあり、霞《かす》んで見えないほど、龍神は巨大であった。それが天に近い所から、遥か下の川へ、頭から突っ込んでいく。かと思うと、今度は水の内から、巨大な鼻面《はなづら》が現れ、龍神の顔が現れ、空へと飛び上がってゆくのだ。

ある龍神など、尾が水から出た時、頭は雲に隠れていた。時に雷を撒き散らし、雷が刺さったのか、何かが光と共に落ちてくる。

「きょんげー、鳴家よりおっきい」

小鬼達が騒いだ時、飛んできた一匹の龍神が、長崎屋の舟の少し先で、いきなり川の内へ飛び込んだ。波が立ち、舟が大きく揺れて、悲鳴が上がる。

「ねえ、若だんな、このまま龍神が山といる川を、進んでいって大丈夫でしょうかね？」

おしろが、強ばった顔で問うてくる。あちこちで雨乞いの祈禱をした為、龍神の数が多いとは聞いていたが、まさかここまでの数とは、思っていなかったのだ。

その上、実際龍神達の大きさを目にし、風を巻き上げつつ飛んでいるのを見たのだ。妖達は、恐怖を覚えたようであった。

「万一、水に落ちたら、妖だって、どうなることか……」

すると兄や達が、そのことはとうに、考えたと口にする。しかし、だ。

「ここで引き返したら、我らは龍神の約束を、疑うことになる。信用していないと、言ったも同然になってしまうんだ」

そんなことをしたら、今後若だんなは、舟で川を行き来しづらくなる。しかし、江戸の地で遠くへ行くには、舟が欠かせない。龍神と揉《も》めるなど、やって良いことではなかった。

「大丈夫だ。龍神が、約束事を破るとは思えないからね」

仁吉が言うと、妖達は、若だんなと一寸《ちょっと》目を見合わせてから頷く。その後、互いに手を握り、支え合うことになった。

佐助はそのまま、隅田川の川上へと舟を進めていく。永代橋の下をくぐった時、巨大な龍神が、長崎屋の皆の頭上をかすめて飛んだ。腹の鱗《うろこ》へ手が届きそうなほど、近くを過ぎると、風が若だんなの総身を吹き抜けていった。

舟が川を遡り、右手に深川が見える頃になると、龍神は更に数を増した。鳴家達は、舟の中で若だんなや妖達に、しがみつくようになっている。

「きゅい、うろうろしてるお舟、いない」

鳴家達が首を傾げると、金次や鈴彦姫が、確かに今日は、物売りのうろうろ舟すら出ていないと嘆いた。杉戸河童が、河童も逃げ出すと言っていた通り、隅田川では遊びや荷運びの舟が、酷く減っていたのだ。

「龍神達の姿は、人には見えてない筈だよね。なのに、どうして舟は、川を行き来しなくなったんだろう」

「龍神が風を吹きつけ、波を起こすからでしょう」

廻船問屋を背負っている佐助は、櫓《ろ》を漕ぎつつ溜息を漏らした。

「隅田川は、江戸の荷を動かす要《かなめ》の道です。この川の動きが止まると、うちの廻船問屋は、荷を満足に運べなくなりそうです」

どうしたものかと言う、佐助の声が低い。しかしとにかく今は、若だんなが乗った舟を、無事、根岸へ向かわせるのが先であった。

川と空で群れる龍神の、ただ中を進むと、川の右手の町並みが本所の地に変わり、先に、両国橋が見えてくる。若だんなは橋のかなり上に、何か光を見たような気がして、首を傾げた。

「何かが、ゆっくり落ちてきてるよ。星かな？　ううん、今は昼間だもの、星は見えないよね」

妖達へ問うと、皆は両国橋へ目を向け、確かに何か光っていると、川の上を指さす。佐助は両国橋を越した所で、左手にある神田川へ入れば、龍神達は居なくなっていくはずだと言ってきた。

「神田川は、隅田川よりぐっと狭いし、水量も少ないですから。龍神が集まるような川ではありません。ほっとできそうです」

川も、ぐっと流れが緩くなるという。根岸の里も、近くなってくるのだ。じき、両国の盛り場にある、背の高い小屋が目に入ってくる。妖達はてんでに小屋を指し、あれこれ話し出した。

「私、あの辺りの小屋で、芸を見たことあります」

「おしろ、今は一番大きな小屋で、水芸をやってる。木戸銭の安い見世物だが、結構面白いよ」

金次が言うので、行ってみたいと妖達が言い出す。

するると、その時だ。

突然、一帯を鋭い風が吹き抜けた。風は一気に東両国へと抜けると、何と、幾つかの小屋を、吹き飛ばしてしまう。

両国の小屋は、簡単な骨組みを、薦《こも》や筵《むしろ》で覆《おお》っただけのものが多い。元々が火除地《ひよけち》だから、直ぐに取り払える簡単な小屋以外、建てられない決まりなので、ひとたまりもなかった。

そして、大きな小屋が跡形もなく飛ばされたのを見て、舟の皆は悲鳴を上げる。

「何が起きたんだ？　あれも龍神がやったのか？」

「場久《ばきゅう》さん、こっち、見て」

鈴彦姫が強ばった顔で、場久へ声を向ける。今は噺家《はなしか》になっているが、本性は悪夢を食べる獏《ばく》が見た先は、何と舟の真上だ。若だんなも見上げると、頭上に二匹の巨大な龍神がいて、絡《から》み合い、争っているかのように見えた。

「うわっ、落ちてきそうだっ」

龍神達は、ただ空で争っているだけかもしれなかったが、強い風が巻き起こり、舟が跳ねるように揺れる。おまけに、一匹が触れられるほど側へ落ちたと思ったら、二匹目が摑《つか》みかかり、その拍子に舟の内へ水が入った。

「きゅげーっ、こわいこわいっ」

若だんなは何故《なぜ》だかその時、船縁《ふなべり》で、酒の匂《にお》いを嗅《か》いだ気がした。舞い上がっていく龍の鱗が、赤いようにも思えた。

「へっ？　あの龍神達、酔ってるの？」

龍神達は多分今日も、水神宮に供えられた酒を飲んでいるのだ。そんな龍神は、長崎屋の面々を通すよう告げられていたとしても、酔っ払って、すっかり忘れているかもしれない。

「これは……拙いですね」

仁吉も、その事に気がついたようで、歯を食いしばっている。いかに仁吉が強くとも、龍神達とはそもそも、大きさが違いすぎた。

「あと少しで、両国橋をくぐります。神田川へ入れば、多分大丈夫ですから」

兄やの言葉は正しいと、頭上でもつれている、二匹の龍神達を見つつ、若だんなは確信した。つまりだ。

「今、我らは、かなり危ないみたいだ」

酔った二匹の龍神達が天空で絡み合い、四方へ雷を撒き散らし始めていた。その雷が、天から降ってきた何かを弾《はじ》き飛ばしたのが、若だんなの目に入る。

「あれ、本当に何なんだろう。ちかちかと光ってる」

そちらへ目を向けていた時、舟内から悲鳴が湧き上がる。若だんなも、はっとして上を見ると、巨大な龍が二体、戦いつつ、今度こそ真っ直ぐに舟へ落ちてこようとしていた。

(ひえっ、空が龍で埋まってるっ)

仁吉が若だんなに飛びつき、共に水へ飛び込んだ。他の妖達も、水に落ちてゆくのを、目の端で見た。

龍が二匹、川底まで突っ込む。大音と共に、周りの水が高く跳ね上がり、直ぐに、川の流れを巻き込み渦を巻く。仁吉といても、泳ぐ事など出来ず、水面へ出る事すら叶《かな》わなかった。

(落ち着けっ、後少ししたら、きっと息継ぎが出来る。だからそれまで、息を詰めてなきゃ)

若だんなは必死に、仁吉の手を摑んでいた。しかし、水の内で龍の体に飛ばされ、どちらにいるのか、分からなくなった。流れが渦巻き、側に居た妖達を一気に流し、離されてゆく。

(仁吉っ)

どちらが水面なのだろう。仁吉を見た気もしたが、しかしまた、龍達が川をかき回す。

その時だ。雷なのか、いきなり大きな光が目に入って、若だんなは思わずそちらへ顔を向けた。何かが近づいてきていた。余りに明るい光で、恐ろしいと思えた。

しかし息継ぎすら出来ない身で、水の中を、逃げることなど無理だ。近寄りたくないものが寄ってきてしまうのを、若だんなはただ、見ているしかなかった。

後から思うと、本当に短い間の出来事だったと思う。

水の中の光は、直ぐ側まで来ると、怖いというより、恐ろしいほど美しいものに思えた。若だんなはその時、光が何なのか、教えて貰うこともないのに承知した。

（これは天の星だ。二百年ぶりに代替わりをするという、新しい空の光だ）

空に撒き散らされていた、龍神の雷にでも、射落とされたのだろうか。

それは、大きな渦の中へ一旦消えると、突然近くに現れ、若だんなの頭へごつんと当たった。あっと声をあげ水を飲み込むと、目の前が霞む。

光は、どこまでも広がっていた。だが若だんなは、その後己がどうなったか、もう分からなかった。

4

気がつくと若だんなは、どこかで見た家の部屋で、横になっていた。

（何と、隅田川で死ななかったんだ）

最初に考えたのはそのことで、運が強いと思った。川を通すと約束した龍神が、助けてくれたのだろうか。

（一緒にいた皆は、大丈夫だったかな）

若だんなは起き上がろうとして、体が上手《うま》く動かないことを知った。熱が高くなって、力が入らないのか、怪我《けが》でもしてしまったのか。仕方がないので首を巡らせると、近くに仁吉や佐助の姿が見えて、ほっとする。

そしてここは、根岸の寮らしいと思い出した。若だんな達は、大騒ぎの果てではあったが、隅田川から神田川へ入って、何とか長崎屋の寮へたどり着いたのだ。

(妖達も皆、無事だったんだよね?)

二人へ問うたつもりだったが、何故だか声が出て来ない。若だんなが首を傾げると、近くに鳴家がいたようで、きゅい、きゅわと騒ぎ始めた。

「若だんな、目、覚ました」

「若だんな、鳴家見てる」

「あっ、気がついたみたいだ」

佐助が、ほっとした顔をしたが、何故だか仁吉共々、笑みは浮かべない。すると部屋にあと一人、見知った顔がいると分かった。

関八州に知られた河童の大親分、禰々子が、若だんなを見下ろしていたのだ。

「おや、若だんなが、息を吹き返したみたいだ。助かった。龍神様も、ほっとするだろう」

禰々子は若だんなの傍らに腰を下ろし、深く頷いている。

「龍神様が、隅田川を通すと約束したのに、舟がひっくり返っちまったからね。そのあげく、乗っていた若だんなが亡《な》くなったら、水神宮の龍神様は、酔っ払った龍神達と、ひと揉めしなきゃいけないところだった」

だが若だんな達、長崎屋の皆が無事であったなら、話は別だ。水神様は、既に龍神達を叱っているし、一件を収めることが出来そうなのだ。

「いや、良かったよ」

禰々子がつくづく言うと、佐助がさっと顔に怒りを浮かべ、河童の大親分を見た。

「禰々子殿、どこが良かったと言うのだ。目の前の若だんなが、どうなっているか、分かるだろう。これのどこが、大事ではないのだ？」

仁吉が禰々子を見る目も、冷たい。

「若だんなは、赤子になってしまったんだぞ。とんでもないことになっちまった！」

どういう訳だと問う佐助や仁吉の黒目が、針のように細くなっている。

（あ、赤子？）

若だんなは恐る恐る、手を動かしてみた。すると目の直ぐ先に、柔らかそうな赤子の手があって、鳴家が自分の小さな手で、撫《な》でてくる。

（あ、鳴家に撫でられたのが分かる。この小さな手、本当に私の手なんだ）

つまり、さっきから声が出せないのは、赤子になっているからで、まだ喋《しゃべ》れないのだろう。得心はしたが、分からない事もあった。

（でもさ、私は兄や達の事が分かるよ。鳴家の事も、禰々子さんの事も覚えてる）

赤子の姿になっているようだし、語ることも出来ないが、若だんなは若だんなのままでいるみたいなのだ。

（これ、どうなってるんだ？）

もっとも、なんだかやたらと眠たいし、体に力が入らない。いつもとは、違う所もあるのだ。事情を知りたくて、若だんなが禰々子を見つめると、まるで若だんなの疑問に答えるかのように、禰々子が語り出した。

「水に落ちた長崎屋の皆は、水神宮の龍神様が、隅田川の中からつかみ出した。その時にね、川の中で、代替わりをする天の星を見たって言うんだよ」

星の代替わりは、いつの世でも大事だ。だがいつもであれば、星が地に姿を現す事など、ないものだという。

「けれど今回は、干ばつを恐れた人達が、数多の龍神を呼び出しちまったからね」

おまけに酔っ払った龍達は、天の空を響《どよめ》かせ、地の水をかき回した。あげく、長崎屋の舟はひっくり返って……若だんなは天の星で身を打ち、何故だか、酷く若返ってしまったのだ。

「星の代替わりは、老いる星と、若い星の話だ。星に近づき過ぎたんで、若だんなはその交代に、巻き込まれたんだろう」

誰だか知らないが、龍神達が酔っ払う程、水神宮へ酒を供えた者がいたゆえ、不運であったと禰々子が言う。途端、黙り込んだ二人の兄やに、ここで禰々子は、龍神から渡された品を見せてくる。

「若だんなが溺《おぼ》れ死んだら、兄やさん達が、隅田川を壊しかねない。覚悟しておいてくれと水神宮で言ったら、龍神様、考え込んじまってね」

さすがにそれは困ると思ったのか、今回は、自分の手落ちだとでも考えたのか。龍神は水神宮の神へ頼むと、薬を頂いたと言う。禰々子が、佐助の手のひらへ置いたのは、赤子の握りこぶしほどもない、本当に小さな、水薬の入った壺《つぼ》であった。

「神様が下さった薬だから、飲むには気合いが要るって話だ。赤子には飲みづらいと思うけど、この若だんな……というか、一太郎《いちたろう》さんは、薬に慣れてる。そのうち飲めるだろうよ」

多分、このまま放っておいても、赤ん坊の一太郎はじき、元のように大きくなるだろうと禰々子は言う。しかしだ。

「人ってぇのが、妖より面倒くさいってのは、この禰々子も良く知ってる。暫くの間、前より若返ってたりすると、拙いこともあるんだろ?」

「ああ、大いに拙い。暮らすのに困る」

それに禰々子が言う〝しばらく〟という間が、くせ者であった。妖達、特に大親分の禰々子など、気が遠くなるほど長生きだから、しばらくがひょっとすると、百年ほどかもしれないからだ。

「なら仁吉さん、その薬を、一太郎さんに飲ませるんだね。何しろ龍神様が、水神宮様にお願いして頂いた薬だ。きっと、元の姿に戻るんじゃないかね」

仁吉達は揃《そろ》って頷き、禰々子へ深く頭を下げた。龍神達の騒ぎも、長崎屋が積んだ酒のお供えも、本来、禰々子には関わりがない。

しかし、今回は龍神との間を取り持っていたので、間に入り、事を収めてくれたのだ。

「御礼申し上げる。今はまだ騒ぎの最中ゆえ、礼も出来ないが。落ち着いたら必ず、感謝の品をお届けします」

「そりゃ、ありがとうよ。長崎屋の皆は、律儀《りちぎ》だね」

禰々子は笑うと、これで大騒ぎは終わったと、悠々と寮から帰って行く。仁吉達は、ほっと息をついた後、とにかく急いで薬を、一太郎へ飲ませようと言い出した。

「星の代替わりが、また、とんでもない騒ぎを起こすやも知れない。薬壺が、割れるかも。ゆっくり構えてないで、さっさとぼっちゃんを戻したい」

すると、その通りだという返事が連なったので、妖達も皆、無事だと声から分かる。

一太郎はほっとすると、やたらと眠かったので、そのまま堅く目をつぶった。

5

一太郎が目を開けた時、まだ部屋は明るかった。一緒に寝ていた鳴家も起きて、きゅいきゅいと鳴くと、兄や達が飛んでくる。

「若だんな……というより、一太郎ぼっちゃん、やっと目を覚ましたんですね。先刻は、急に寝てしまったんで、薬を飲んで貰えなかったんですよ」

さあ、急いで飲んで下さいと、仁吉が大事な薬壺を、唇の辺りへ差し出してくる。

だが、小さな壺の蓋《ふた》が開けられた途端、一太郎は凄い声を出してしまった。

「ふんぎゃーっ、ぎゃーっ、ふぎゃーっ」

「えっ、薬は飲み慣れてるのに、どうなすったんです？」

仁吉が狼狽《うろた》えると、横で四つん這《ば》いになり、薬壺へ顔を近づけた金次が、さっとしかめ面を浮かべた。

「仁吉さん、すんごい臭いだよ、それ。赤子じゃ飲まないだろ」

強引に含ませても吐き出しそうだと、貧乏神は言う。すると場久が頷き、赤子はよく吐くものだと、物知り顔で言った。

「一服しかないんです。無茶をすると、無駄になりますよ」

そもそも、首も据わらない赤子では、強い薬を飲むのは難しかろうと場久は言う。すると金次は、根岸の寮の間に、寝かされている一太郎を見つめ、首を傾げることになった。

「ぼっちゃんは、もう、首が据わってないかい？　大分、育ってるぞ」

「えっ？　……あら、本当だ」

おしろが確かめ、驚いていた。

「前に長崎屋へ来た、桜の花びら、小紅《こべに》ほどは、早く育ってないようですけど。一太郎ぼっちゃんも、他の赤ん坊とは違う様子ですね」

赤子が薬を嫌うなら、いっそ、このまま育つのを待ってみてはどうかと、猫又のおしろは言う。

「ぼっちゃんは、並の人より、早く大人になるかもしれませんよ。あたし達妖は、長生きです。それで構わないと思うんですけど」

だが兄や達は、うんとは言わなかった。

「おたえ様が根岸へ、程なく顔を出される。ぼっちゃんが赤子になったと知ったら、大騒ぎだぞ」

更に困るのは、この世に妖が居るとは知らない、主の藤兵衛《とうべえ》のことだ。

「今の一太郎ぼっちゃんを見ても、絶対に、若だんなだとは認めないと思う」

そして藤兵衛は、急に居なくなった若だんなを、どこまでも、いつまでも、探し回りそうなのだ。

「おしろ、そんなことになったら、我らはどうすればいいんだ？」

「それは困りますねえ。人ってのは、石頭ですよねえ」

ならば何とか赤子に、水薬を飲んで貰わねばならない。

「さて、どうしたものか」

すると、話を床で聞いている内に、一太郎は突然、泣き出したくなってしまった。止めようもなくて、泣いた。

「ふやぁああんっ、ふえ、わああんっ」

　突然大声で泣かれ、長崎屋の皆は魂消《たまげ》た。だが直ぐ、おしろが気がつく。

「あ、きっと繦褓《むつき》です。替えなきゃ」

　慌てて、手ぬぐいを使って何とかしたが、しかし一太郎は泣き止まない。部屋内の皆が狼狽えていると、そこへ、何故だか杉戸河童が戻ってきた。

　河童なら庭を横切る小さな川から、上がってきそうなものだが、杉戸は、真っ白い生き物を引っ張りながら、ほてほてと歩いてきている。

「ああ、泣いてる。やっぱり禰々子姉さんに言われて、あたしが来て良かったですよ」

「杉戸さん、禰々子親分が、何かご用なんですか？」

　すると河童は、めえめえ鳴く連れを見てから、深く頷く。

「長崎屋の皆さんは、急に赤子を抱えたんです。乳に困るだろうって、姉さんは言われまして。若だんなだって、直ぐ、薬を飲めるか分からないからと」

　乳母が、都合良く見つかるとは限らないし、長崎屋がいきなり乳母を雇ったら、妙な噂が立つかもしれなかった。だから。

「母山羊《やぎ》を連れてきました。乳をたっぷり出してくれますよ」

おしろが顔を赤くした。

「あ、そうです。お乳。赤子はしょっちゅう、お腹が空くんでした」

赤子でも一太郎だと思っているから、皆、間を置かず乳を飲ませることを、忘れていたのだ。

杉戸河童が笑って、河童が赤子に使う時の袋で、山羊の乳を飲ませてくれる。一太郎は沢山飲んで、ぴたりと泣き止んだ。

「あ、やっぱりお腹が空いてたんですね」

赤子は話せないから困ると、佐助が溜息を漏らした。おしろと金次が急ぎ、乳の袋の使い方を習っている。

「山羊は、庭の草を食べます。放し飼いで、大丈夫でしょう」

仁吉は大いに感謝し、胡瓜でも買ってくれと、金粒を杉戸へ渡した。その後、今ならば機嫌良く薬を飲むかもしれないと、一太郎の側へくる。

ところが赤子というものは、恐ろしく、眠たい生き物であった。一太郎は、仁吉の期待に満ちた目を見て、薬壺を握った。

だが、それを飲むことはせず、玩具《おもちゃ》代わりに抱え込むと、三つ数える間も持たず、そのまま寝てしまった。

ゆらゆらゆら。小さくなった一太郎は笊《ざる》に入れられ、根岸の寮の濡れ縁に置かれて、時々笊ごと揺れていた。

鳴家達が気まぐれに、入れ替わり立ち替わり、笊を揺らしているのだ。お気に入りとなった薬壺の中身が、音を立てるのも、今は面白い。一太郎は気持ちが良くて、鳴家達と一緒に、三日ほど寝てばかりいた。

すると余りに大人しいので、子守は小鬼達へ任せて、妖達はしばし、襁褓を縫ったり、小さい着物をこしらえたり、山羊の世話をしたり、忙しく働き出した。

仁吉は、妖の血を引く母のおたえには、事情を詳しく伝えた。一方藤兵衛には佐助が、品川にある蔵での仕事を作り、暫く根岸へ来られないよう手を打った。藤兵衛は不可思議というものを、さっぱり思い描けないお人だからだ。

「今日も、酷く暑いです。こんな時なら、若だんなが寝込んで、姿を見せなくっても、通町《とおりちょう》のご近所は不思議に思いません」

だから、しばし時は稼げる。後は赤子になった一太郎が、薬を飲んでくれれば、ほっと出来るはずだと、兄や二人は漏らしているのだ。

だが、その声が聞こえていても、一太郎は薬を飲めずにいた。

赤子にとって水薬は、余りに強烈な一品であった。その上、赤子というものは、何かを考え出した途端、また寝てしまう生き物だと、一太郎は分かってきた。

(小さくなっても、以前の事は覚えているよ。でもね兄や、前と同じにはいかないんだ)

吐き戻しては駄目なら、もう少し大きくならなくては、水薬を飲めないと思う。よって一太郎は今腹をくくって、笊に放り込まれているのだ。

すると次の朝方、笊の中から庭へ目を向けた時、一太郎は先の方に、何か光るものがあることに気がついた。それで、身をひねって顔を上げたところ、笊の中で寝返りが出来た。目の先に、庭にある井戸と、その向こうの小川が見えてくる。

井戸の周りには、布を伸ばして張った板が、幾つも並んでいた。

(おや、あの布の柄、私が着ていたやつだ)

川に落ちたので、一旦ほどいて布に戻してから、洗い張りをしたようだ。何かが光っていたのはその奥、小川の傍らに置かれていた、洗濯用の盥の中であった。

(もしかして、あの光るもの、川で私にぶつかった、天の星かしら。あのとき、袖にでも入ったのかな)

着物を洗った時に、転がり出てきたのか。

(とにかく一度、見てみたい)

星なのか、一太郎は是非、日の下で確かめたくなったのだ。

しかし富士の御山へ登るほどに難しい。長崎屋にいた頃なら、さっと庭に降り、わずかに歩けばいいだけのことが、今の一太郎は、まだ口がきけないから、小鬼達を呼び、星を持ってきてもらうことすら出来ないのだ。

(ああ、赤子って不便な生き物だ)

首を傾げた後、一太郎は笊を揺らしてみた。

(笊から出れば、自分で動ける気がする)

まだ立ち上がれる程、足に力は入らなかったが、手も使えば、前へ進めるに違いない。

試しに丸い笊の、端の方に乗ってみたら、笊がひっくり返り、外に出た。近くにいた鳴家達が、きゅわきゅわと声を上げる。一太郎は四つん這いで濡れ縁の端へ近づき、庭の光る物へ目を向けてみる。

しかし遠くて良く見えないので、身を乗り出したら、濡れ縁から落ちた。

「きょげーっ」

背中から落ちたのを見て、鳴家達が騒いだが、いつものことだから、誰も様子を見に来ない。一太郎は怪我もなく、好機到来とばかり、せっせと四本の手足で盥へ向かった。

(ああ、そういえば、最近は無茶をしていなかった気がするな)

先日まで、二親は西へ湯治に行っていたから、一太郎はしっかり店を支えようと、頑張っていた。つまり余分なことは、出来ずにいたのだ。

(久方ぶりに、一人で勝手をしてるな。なんか、面白い)

寮の庭に置かれた盥は、小川の岸にあった。一太郎は頑張って進んだが、井戸の傍らに達したところで、何故だか前へ行けなくなり、手足をばたつかせる。

「あう、やぁ」

言葉が上手く出ずにいると、この赤子は誰なんだと、傍らから声が聞こえる。目を向けてみると、以前どこかで見たような男達が、一太郎を抱え上げ、苦笑を浮かべていた。

「何だぁ？　店のぼっちゃんが養生に来るって話だったが。何で赤子が庭に居るんだ？」

「もしかして長崎屋の旦那《だんな》さんが、余所《よそ》に作った赤子でしょうかね。暫くこの寮で、養う気とか」

「あーっ、あり得る」

話を聞いている内に、二人が誰だか思い出した。村の床屋で働いている者で、長崎屋の誰かが寮を使うとき、色々用を頼んでいるのだ。見れば今日二人は、野菜や川魚などを、届けに来たようであった。

するとここで片方が、頓狂《とんきょう》な声を出した。見ると母山羊が、男の着物の帯をくわえ、もぐもぐやっていた。

「うわっ、こらっ、離せ」

慌てて振りほどいたが、山羊は帯が気に入った様子で、齧り付いて離さない。もう一人が一太郎を近くの盥の中へ置き、山羊を追い払いにかかった。

(あ、盥の中に、何かある)

一太郎が中で動いた時、盥が揺れ、小川へ流れ出ていった。

6

「きゅんわ、若だんな」

声が聞こえたので傍らを見ると、付いてきていたらしく、盥には鳴家も二匹乗っていた。自分では、流れる盥を止めることも出来ない中、一人ではないのが嬉しい。

(もっとも鳴家達にも、この盥をどうにかすることは、無理だろうけど)

流されながら、一太郎は盥に転がっていたものへ、手を伸ばしてみた。水晶のような玉は、一太郎の赤子の拳《こぶし》よりも、更に小さい。まん丸であったが、隅田川の中で見た時のように、内から燃えるような、星の光を出すことはなかった。

(これ本当に、あの時の光かしら)

首を傾げた一太郎が、玉をあらためると、玉の表に蜘蛛《くも》の巣のような、ひびが広っている。

(この傷のせいで、星の玉は、ただの水晶のように見えるのかな)

隅田川の内で、一太郎へ思い切り当たった時、傷ついたのだろうか。それとも雷を受け、こうなっていたのか。とにかく一太郎はこの玉のせいで赤子に戻ってしまい、傷ついた星の玉は、空へ戻れないでいるように思えた。

(どうしよう)

今は星の代替わりの時で、大事が起きる時だと、河童が言っていた。となると、代替わりの出来ない星が、地にとどまり続けたら、更に酷いことが、江戸で起きるかもしれない。

（もっともっと暑くなるかも。夏になったら、飲み水まで涸れてしまうかもしれない）

酷く心配になってきたが、自分のことさえ面倒を見られない赤子の一太郎に、事を何とか出来るとも思えない。

（それでも何か、やれる事はあるんだろうか）

顔を顰めた途端、流れていた盥が不意に、がくんと大きく揺れた。

「きょげーっ」

鳴家達が大きな声を上げる中、盥の外を見ると、小川のように小さな流れが、もう少し大きな流れへ、注ぎ落ちたのだと分かった。

（大分、流されてきたみたいだ）

するとじき、小さな舟とすれ違い、乗っていた船頭が、目を見開いたのが分かる。船頭は慌てて舟を戻してくると、竿《さお》を巧みに使い、盥を岸へ押っつけ、流されるのを止めた。

「魂消た。盥に赤子が乗ってるよ」

男の声が聞こえたのか、岸にいた者達が寄ってきて、一太郎を水から引っ張り上げる。鳴家は人には見えない妖だから、傍目には、赤子が一人で盥にいたと思えたのだろう。川脇《わき》の道に多くが集まり、騒ぎになった。

すると一太郎はじき、盥に入ったまま、近くの神社へ運ばれた。いきなり現れた赤子に困り、皆は宮司を頼ったのだ。

「さて、困った。見たことのない子だね」

宮司も、板間に置かれた盥と赤子を見て、ただ驚いている。だが宮司はじき、一太郎が首から提げていた、水薬に気がついた。いや、水薬を吊《つる》していた、紐《ひも》に目がいったのだ。

「おや、この紐、組紐だよ。細いけど、立派な品じゃないか」

ならば赤子の親が、金に困っているようにも思えない。捨てられたのではなく、盥で遊んでいる内に、川へ流れてしまっただけかもしれなかった。

「近くの根岸の里に、寮が幾つもあるだろ。赤子を連れて、あそこへ誰かが来ているのかもしれないね」

行方知れずの赤子がいないか、下働きを根岸へやろうと宮司が言ったので、一太郎はほっとする。だがここで、境内にいた若い夫婦が顔を出し、事をややこしくした。

「あの、宮司様。先ほど、子授けの祈禱をお願いした、豊島《としま》の夫婦でございます」

夫婦が言うには、祈禱をして頂いた途端、元気な赤子が盥に乗って現れたことに、神意を感じたという。

「その赤子は、私ども夫婦へ、神が下さった子に違いありません。引き取って、大事に育てたいと思います」

「お、おや」

引き取り手が現れたのは嬉しいが、赤子には親がいるかもしれず、直ぐに渡す訳にもいかない。宮司はそう言ってくれたが、しかし夫婦も引かなかった。

「ならば宮司様が、親が見つかるまで、その赤子の世話をなさいますか。我らは、豊島村へ帰らねばなりません」

襁褓はあるのか、重湯を自分で作るのかと問われ、宮司が早々に降参した。万一親が分かった時の為に、村の名と、夫婦の名を書き留めると、一太郎は夫婦へ渡されたのだ。

鳴家達が騒ぐ。

(わあっ、一体どうなるんだ？)

知らない村へ連れて行かれるのは、酷く困ると思った。いや、それだけでなく、もっと恐ろしいことも考えつく。

いきなり赤子に戻った一太郎は、あっさり首が据わり、早くも、這い這いが出来るようになっている。並よりはずっと早く育ち、元へ戻っていくようなのだ。

つまり豊島の村にいると、逃げ出せるようになるまでに、並とは外れた異形の者として、どんな扱いを受けるか分からない。

(なのに、逃れる手立てがないなんて。赤ん坊って、本当に不便だ)

しかし、根岸の寮の事を話すことも出来ず、鳴家へ、兄や達を探しに行ってくれと、言う事すらできない。一太郎は、大きな布でくるまれると、嫁御にくくりつけられ、暑い中、豊島へ向かうことになった。

他に出来ることがない。一太郎は豊島の嫁御の背で、懐にある星の玉を握りしめていた。

(何とかこの星は、天へ返して、ちゃんと代替わりを終えてもらわなきゃ)

一太郎も、このまま暑さが続くと、あの世に行きかねないと思う。いや、縁側から落ちたり、川を盥で流されたりしているから、いつもであれば、いい加減、目を開けていることも出来ない程、高い熱が出ているところだ。

（だけど今日は、具合悪くならないね。不思議だ、熱も出てないよ）

咳《せき》も出ない。体中が痛くなる事もない。龍神より頂いた水薬を、未《いま》だに飲めていないが、一太郎は死なずに済んでいた。

（赤子の私は、前より強い体になってるのかしら。こういうのが、並というのかな）

ならば根岸へ戻る為、何かやれることがあるのではないか。一太郎はひたすら考え続けていく。

だが……じきにお腹が空いて、眠くもなってきて、一太郎は泣き出してしまった。

盥で流れていたので、もう随分、何も口にしていなかったのだ。

道の真ん中で、突然赤子に泣かれた夫婦は狼狽え、一番近くの茶店へ駆け込むと、重湯を作ってもらえないか、事情を話して頼み込んだ。店の主は承知したものの、きっと、襁褓も替えないと泣き止まないと、新米の夫婦へ告げている。

今日、赤子を連れ帰ることになるとは思ってなかったのだろう。夫婦は慌てて、一旦一太郎を床几《しょうぎ》へ下ろし、布が手に入らないか、またも店で頼んでいる。

すると。

寝かされていた一太郎に、近くの木の陰から、そっと手を伸ばした者達がいたのだ。その手が素早く赤子を摑んだ時、鳴家達は一太郎の着物に必死に、しがみついた。

男達は、一太郎を抱えたまま道から外れ、畑地を駆け出した。周りの木や、下の畑や、畦道《あぜみち》が、凄い勢いで過ぎてゆく。

二人の足は、速かった。暫く駆け続けていった後、急に鳴家達が前を指し、きゅいーっと鳴く。すると、盥で流された細い川ではなく、何と神田川が見えてきたことに、目を見張ることになった。

（ああこの二人、舟に乗って、ここいらから逃げ出す気なんだな）

多分、一太郎を大事にしてくれようとした豊島の若夫婦には、もう会うこともないだろう。あの神社の神様が、二人へ子供を授けて下さったらいいなと思う。

だがこのとき、一太郎はそれ以上、若夫婦のことを考える余裕を無くした。見知らぬ男に連れられたまま、馴《な》染《じ》みの川を見つめたら、ゆっくり瞬《まばた》きをすることになったのだ。

（神田川が、今日は何か妙だ）

水面は覚えがないほど、酷く波打っている。そういえば、行き交っていて良いはずの舟を、川面に見かけない。神田川でも隅田川のように、今日は舟の姿がなかった。

（もしかして、龍神達がこっちの川にまで、入ってきているのかな）

だとしたら、今、目の前の川で舟に乗るのは、無謀というものであった。龍神が通ってもいいと許し、犬神の佐助が櫓を握っていたにも拘《かか》わらず、長崎屋の舟は隅田川で、ひっくり返ってしまったのだ。

兄や達でも無理だったのに、二人の人さらいが無事、川を舟で行ける気がしなかった。

(赤ん坊の姿で水に落ちたら、私は、泳ぐ事すら出来ないよね。それと鳴家達は、大丈夫かしら)

そして何よりも、このまま自分が溺れたら、懐に入れている天の星まで、水に沈んでしまうかもしれない。ひびが入っている星は、今も己で、空へ向かえないでいるのだ。

(そうなったら、今回の干ばつは、どうなるんだろう。このまま夏まで、暑くなり続けるのかな)

考えるのも、恐ろしかった。なぜこの暑さや、神田川の怪しい波が気にならないのか、男達へ問いたい。だが、喋れない赤ん坊の一太郎には、それすら出来ないのだ。

(鳴家、何とか二人を止めておくれ)

必死に念じてみたが、二匹の鳴家達は、きゅいと鳴きつつ首を傾げている。

するとこの時、希望が出てきた。辺りをうろついた片方の男が、探しても船着き場に、船頭がいないと言ったのだ。

「船頭の奴《やつ》、舟を置いて、どこへ行っちまったのやら。他の客もいねえぞ」

空に浮かぶ龍神達は見えていなかろうが、川のただならぬ様子を見て、皆、川沿いを歩くことにしたに違いない。男らも、このまま根岸の里まで、道をゆくのだろうか。それを願っていると、一太郎を抱えている方が、ならば船賃を出さずに済むと笑いだし、もう一人を見た。

「おめえ、竿を使えただろう。根岸までは、遠かぁない。おめえが、この舟を出せ」

「そうだな。ついでに舟も頂くか」

男二人は一太郎と、星の明日を巻き込んだまま、あっさり舟に乗ってしまった。

「きゅうぇええ」

鳴家の心細いような声が、聞こえてきた。

7

「馬鹿《ばか》だねえ、あの宮司。この赤子は高そうな紐で、高そうな入れ物を、首から提げてる。良いとこの子に違いないのさ」

ならば豊島の夫婦へ、ただでやってしまうなどもったいないと、男二人は舟の中で話し出した。

「赤子は俺たちが貰《もう》って、ちゃんと金に換えてやるよ」

ああ儲けたと、共に、にやにやと笑っている。後ろの船底へ放り出した一太郎や、鳴家達が、男達の話が分かるなどとは、考えてもいないようであった。

「赤子は盥に乗って、川を流れていたと聞いたぞ。俺たちが、盥を拾ったことにしよう」

金持ちの親が見つかれば、きっと礼に、大枚をくれるだろう。大して金の無い親だったら、一太郎が持っていた壺などを取り上げ、金に換えようと言っている。

「親が見つからなかったら……そうだな、元々、一人で盥に乗ってたんだ。また一人になっても、構わなかろう。捨てちまうさ」

神社へ寄ったら、良い儲け話に出くわした。神様のおかげだと、二人は勝手なことを言っている。一太郎は、鳴家を抱えつつ、口を尖《とが》らせた。

(そんな話、神様に聞かれない方がいいと思うけど。日本の神様は、怖い所もあるのに)

そう考えた時、細い川舟が大きく、ぐらりと揺れた。鳴家が首を傾げ、川の様子を見ようと、船縁へ手を掛ける。だが、端によじ登る前に上を見て、大きく首を傾げた。

そして二匹は、船底に寝ている一太郎に向け、空を指さす。すると一太郎は目を一杯、見開くことになった。

（ああやっぱり、神田川にも、龍神達が入り込んでたんだ）

頭上一面に、龍神達が渦を巻き、飛び交っていたのだ。今にも天が落ちてきそうな、恐ろしい幻に捕らわれる程、龍神達は近くにいるように見える。

（多くの人が、隅田川沿いの神社で雨乞いをして、龍神を集めたんだ。だから神田川へ舟が入れば大丈夫だって、兄や達は言ってた）

なのにだ。龍神達はいつの間にか、こちらの川にも来ていたのだ。

一太郎はこの事に、天の星の代替わりが、関わっている気がした。

（龍神が、これほど多く川へ勧請《かんじょう》されているのに、雨が降っていない。未だに恐ろしく、暑いままだ）

きっと、一太郎の懐に入っている星が、天にないと拙いのだ。地にあっては、星の代替わりが叶わないからだろう。よって江戸には、日照りが続いていく。雨も降らさないまま、龍神達が数を増やす。

酔っ払っていなくとも、桁外《けたはず》れに大きな龍神達が、やがてこの神田川からも飛び出したら、きっと両国の小屋のように、江戸の町が壊れてしまう。一太郎はそう思い至ると、赤子の身ゆえ、動けない事が口惜《くちお》しく、歯を食いしばろうとした。

ところが赤子にはまだ、その歯すら、生えていなかった。酷く情けない気持ちに包まれると、一太郎は今、ただ一つ出来る事、大きな泣き声を上げる。天の星を握ったまま、空へ声を上げたのだ。

「ふやっ、ふえええええんっ」

声は水の上を滑り、遠くまで響いていった。直ぐに鳴家達も声を張り上げ、一太郎の泣き声に合わせだす。わあああん、きゅわわわあー、わーん……空の龍神達が、その声を巻き上げ、不思議な程、声は遠く、高く、散じていった。

「わあああああー………ん」

すると。

舟の後ろの縁に、水かきのある手がぺたりと掛かった。鳴家が驚き、口を閉じると、直ぐ、くちばしのある顔が現れてくる。

「きゅんわっ、河童っ」

「ああ、いた。やっと見つけた。ぼっちゃんだ」

水面から声が湧き上がったので、この舟に居ると分かったと、明るい杉戸河童の言葉が聞こえてくる。河童は水かきの手を、岸の方へ、ひらひらと陽気に振った。

「居ました、ぼっちゃんです。悪い奴らに、連れて行かれてたんだ。舟から、金に換えるとか、捨てるとか、怖い話が聞こえてましたよ」

(杉戸は、誰に話してるの？)

河童の声が聞こえたのだろう、ここで男二人が振り向き、船底に一人で転がっている筈の、一太郎を見てくる。

途端、二人は顔色を、河童の顔色のように蒼《あお》くした。

「ひえっ、何かがいる。船縁に掛かってるありゃ、水かきだ」

「誰かが、赤ん坊を取り戻しに来たのか？」

一人は河童の水かきを恐れ、舟の前へ飛び退《の》き、もう一人は金を儲け損ねると、船尾にいる杉戸河童へ摑みかかった。だが、川の上で河童に勝てる人が、いようはずもない。杉戸は身軽に舟から離れ、にやりと笑うと、もう一度言った。

「ええ、この舟です。ぼっちゃんは、船底に転がされてますよ」

その時であった。一太郎は空に浮かぶ龍神達の間に、一つの影を見つけ、目を見張った。影はあっという間に大きくなってきて、この舟を目指してくる。

(仁吉だ。凄い、飛んでる)

岸から、舟めがけて飛び上がったのだろうか。それとも他の舟で、近くまで来ていたのか。

仁吉は違《たが》える事なく舟へ降ってくると、舟の前の方へ、どんっと音を立て降り立つ。水しぶきが高く上がって、辺りに水の壁を作り、船尾が川の上で思い切り跳ね上がった。一太郎は鳴家達と共に、空へと放り上げられることになった。

(おわぁあっ)

仁吉が目の前に居たからか、舟から飛ばされても、一太郎は不思議なほど怖さを覚えなかった。やがて水面へと落ちながら、一太郎の着物を掴んでいる二匹の鳴家達を、何とか袖に入れる。すると。

横から、風に巻き上げられた気がした。目を向けた時には、もう一人の兄や、佐助に抱えられていた。

そのまま空を切って、佐助は岸へと降り立つ。

「きょんわ」

ほっとしたような鳴家の声が聞こえると、佐助は岸で直ぐに、一太郎が無事かを確かめ……怪我も病の兆《きざ》しもないようだと知ると、長く息を吐いている。

一太郎が目を川へと向けると、ひっくり返った舟の上に、仁吉が立っていたが、直ぐに岸へと飛んできた。川の内に、二人の男の頭があったが、泳げる様子だったので、それ以上は気にしないことにした。

ただ、人さらい二人には見えておらずとも、今は空で、龍神が渦巻いている。波が立ち、流れが荒れる中、泳いで岸へ辿《たど》り着くのは、大事だと一太郎は思う。

そういう時だからこそ、今日の神田川には、他の舟も人もいないのだ。

そういえば、まだ人さらい二人の名を知らなかったと、神田川の岸で一太郎はふと思った。


根岸の寮に戻ると、兄や二人は針のような目を向け、さっそく、一太郎が今日、寮から消えた事情を、色々問うてくる。

「一太郎ぼっちゃん、何故、どうして、いつ、根岸の寮から離れたんです？　皆、大騒ぎだったんですよ」

「龍神の巻き起こした風に飛ばされ、川に落ちたかと心配しました」

戻っても、根岸の寮もまた暑かったが、妖達がいたので、ほっと出来て嬉しかった。心配をかけたし、危なくもあったので、一太郎は勿論《もちろん》、皆へ詫《わ》びたいと思った。

ただ。貧乏神の金次が、向かいでにやにやと笑い出した。

「ひゃひゃっ、兄やさん達、今のぼっちゃんに聞いたって、無駄だよ。まだ話せないんだから」

赤子でいて助かったなと、金次が笑いを向けてくる。おまけに、ここでおしろが横から手を出し、一太郎を膝《ひざ》に抱えた。そして兄や達が問いを向けるより、山羊の乳を飲む方が先だと、渋い顔になったのだ。

「赤子のやるべき事は、大人とは違います。兄やさん達、いい加減、慣れて下さいな」

「うっ……」

乳を飲み始めた一太郎へ、文句を言う事も出来ず、仁吉は渋々黙った。一方一太郎は、水に落ちた上、一日中騒ぎのただ中にいたのに、倒れもせず、お腹が空いていることを、不思議に思っていた。

(眠たいけど、具合は悪くないよ。なんだか、調子がいい。気味悪いや)

佐助は、ここで一太郎と居た鳴家達を掴むと、では小鬼が事情を語れと命じている。するると鳴家二匹は張り切り、口々に真実を語りだした。

「始め、ぴかぴか」

「次、どんぶらこ」

「この子が欲しい。おれが、欲しい」

「走った。空で、ぐるぐる」

「鳴家、かっこ良い。鳴く。きゅんわーっ」

「仁吉さん、ぴょーん」

「佐助さん、びゅん」

「ざばざば、溺れかけ」

それから二匹は大いに頷くと、ちゃんと話せたと胸を張る。兄や二人は顔を見合わせ、溜息を漏らした後、それ以上鳴家へ問うことを諦めた。

「まあ……ぼっちゃんが、無事に戻ってきたんだ。それでよしとしよう」

それにと言い、仁吉はふっと顔つきを和らげると、おしろの膝へ目を向けた。

「一太郎ぼっちゃんだが、今朝方より随分、育ったように思うんだ。これならそろそろ、龍神が水神宮の神より頂いた薬を、飲めるんじゃないかな」

一服しかない、大事な大事な水薬であった。一太郎を元の姿に戻すには、この薬に頼るしかないのだ。

頷いた佐助は、一太郎の着物を探ると、首から提げていた水薬の壺と、ひびが入った玉を、つかみ出した。

一太郎は、山羊の乳を飲むのを終え、薬の壺へと目を落とす。

(元の姿へ戻れる薬。水神宮様の薬だ)

赤子になって魂消たが、大変だったのは、自分よりも周りの方だったと思う。そろそろ大人に戻らないと、いつ、小さくなった事が他へ知れるかと、心配することになる。苦くても、一時苦しくても、今、水薬を飲むべきだと分かっていた。

(うん、それが正しい答えだと思う)

それで一太郎は、水薬の壺を摑んだ。仁吉が言ったように、己は、かなり大きくなった気がする。今日、盥に乗った時より、手に随分、力を込められるようになっているのだ。

それで、一か八かの決心が付いた。

(やってみよう)

一太郎は壺の蓋を、自分で開けた。そして、ひびの入った天の星を摑むと、壺を逆さまにして、星へ一気に、水薬を全部掛けた。

「……!」

息を吞《の》む音だけが部屋内に聞こえ、誰も口を開かない。そして、全《すべ》ての思いと共に薬を掛けたのに、天の星は、変わりがないように思えた。

(神の薬で、天の星を癒《い》やそうという賭《か》けは、失敗したのか？)

仁吉を見たら、目に涙をたたえている。佐助は、ただ、凍り付いているように思えた。申し訳なさがこみ上げてきて、まだ話せない一太郎は、下を向いてしまう。

すると。

一寸の後のことだった。天の星は一太郎の手の中で、まず、ふわりと光をまとった。次に、ほんのわずか、一太郎の手から浮き上がる。

「きゅい？」

小鬼達が目を見張った時、天の星はいきなり飛び上がり、天井を突き破った。玉は一気に上へと消え、二度と落ちてくることはなかったのだ。

(えっ？　あれっ？　薬が効いたのかな？　天の星は、空へと帰ったの？)

赤子の一太郎は、ただ、穴の空いた天井を見上げ、首を傾げるしかない。そろそろと驚きが薄れてくると、妖達が周りで一斉に、今のは何だったのかと騒ぎ出す。佐助が表から屋根の上に登ったが、玉は屋根も突き破りどこにもないと、声が聞こえた。

しかし誰も、天の星が空へ戻ったのか、教えてはくれない。一太郎のやり方が正しかったのかどうかも、今は分からなかった。
(いつか、分かるのかしら)

ただ、どんな結末になったにせよ、水神宮様の薬が無くなったことは確かだ。一太郎は赤子の姿のまま、根岸の寮に残った。妖達が揃って、小さい一太郎を見つめてきている。何をどう話したら良いのか、妖達は皆、分からないように思えた。

そうして、しばし寮が静かになっていた時のこと。鳴家達が不意に、きゅわきゅわと騒ぎだし、庭へと揃って降りていった。

気になって目を向けると、本当に久方ぶりに、雨が静かに降り始めていた。

おににころも

1

江戸にある廻船問屋《かいせんどんや》兼薬種《やくしゅ》問屋、長崎屋《ながさきや》の若だんな一太郎《いちたろう》は、今、隠れるようにして、根岸にある寮で暮らしていた。

江戸の世、天の星が代替わりをした。そのときの騒動に巻き込まれ、一太郎は、赤子の姿に戻ってしまったからだ。魂消《たまげ》た長崎屋の妖《あやかし》達は、まだ言葉も話せず、泣くことしか出来ない一太郎を、必死に育てることになった。

とにかく赤子になった一太郎は、通町《とおりちょう》の店では過ごせない。人は、自分達と違う者を、受け入れられない生き物なのだ。

「もし一太郎ぼっちゃんが、赤子になったなんて知れたら、この先江戸では、暮らしちゃあいけません」

一太郎が赤子に戻った時、長崎屋の妖達はそう話しあった。

「丁度体を壊し、根岸の寮へ養生に来ることになっていて、助かりました。ぼっちゃんが幼くなったことは、今、誰も知りません」

悪夢を食べる獏《ばく》、場久《ばきゅう》がそう口にすると、妖一同頷《うなず》く。だが貧乏神の金次《きんじ》は、別の心配もあると言った。

「思い違いじゃないよな。小さな一太郎ぼっちゃんは、並の子よりも、早く大きくなってきてる。体が、元に戻ろうとしてるのかね」

早く育つのなら、他に知れない内に、元の姿になるかもしれなかった。つまり長崎屋の妖達はそれまで、一太郎と秘密を守りきる覚悟なのだ。

もっとも一番危ういのは、他人ではなく、子に甘い父親の藤兵衛《とうべえ》だ。一太郎に会う為《ため》、元に戻る前に根岸へ来かねなかった。

「旦那《だんな》さんは小さなぼっちゃんのこと、自分の子だとは分からないよね。大騒ぎになるさ」

今は、大妖おぎんの血を引くゆえ、事情を承知している母のおたえが側《そば》で、藤兵衛の来訪を止めている。ここで兄《にい》や達が、いつもよりもぴしりとした口調で、根岸の寮に集った妖達へ言葉を向けた。

「大丈夫、きっと今回の難儀も、切り抜けられる筈《はず》だ。ぼっちゃんは、前よりずっと丈夫だし、看病がない分、子育ては楽だろう。あっという間に、元の姿になるさ」

先に一太郎が、盥《たらい》に乗ったまま流され、騒ぎが起きているが、あれは事故のようなものだと仁吉《にきち》は言う。

「一太郎ぼっちゃん。もう、この寮から外へ出ては駄目ですよ。長崎屋には今、小さな子はいません。大騒ぎになりますからね」

「うん」

一太郎はきちんと返事をし、妖達は、当分大丈夫だろうと、ほっとしていたのだ。

赤子になって、三ヶ月も経《た》たない夏の盛り、一太郎は三つに見える程大きくなり、庭で遊び始めた。話す言葉も増えてくると、兄や達や妖達のことを今も覚えていると、一太郎はちゃんと伝えた。

「覚えてるの。忘れてないの。お腹空《なかす》いた」

その途端、妖達から山のように問われたりしたが、一太郎はまだ思うように返事はできない。日の本の者は、生まれて直《す》ぐに一つとなり、正月が来れば、皆一斉に一つ年を取る。三つではまだ前のように、語れないのだ。

すると場久が、仕方ないと笑ってから、しみじみと言う。

「ぼっちゃんの口から、お腹空いた、なんて言葉が出るとはねえ。ぼっちゃん、お八つはまくわうりでいいですか？」

「瓜《うり》、好き。庭の外、誰かいるの？」

一太郎は目を表に向け、首を傾《かし》げる。

「多分、根岸の人が、物売りに来てるんでしょう。近くに、村があるんですよ」

佐助《さすけ》はそう言うと、盆に載った瓜の横に、江戸の絵図を広げてみせた。そして根岸の寮がどの辺りにあるのか、一太郎へ教えてくる。

「この辺りの絵図を見るのは、初めてでしたか？」

「うん。ここ、いつも寝てた」

わざわざ、根岸まで養生に来るのだ。寮にいるとき、一太郎は起き上がれないことが多かった。絵図など眺めている余裕などなかったのだ。

「大家の別宅が集まった、この寮の辺りには、東叡山寛永寺《とうえいざんかんえいじ》など多くの寺と、大名家の下屋敷などがあります。その他は、驚くほど広い田畑ですね」

村もあちこちにあるが、一カ所に住む人は、町ほど多くないと仁吉が言う。この辺りの村の者は米作りの他に、畑地で山と野菜を作り、舟で外堀の内まで運んで、売っているという。

江戸には、多くの人が住んでいる。近い場所の百姓達は、大いに稼ぐようになってきたと、兄や達が笑う。

「お百姓達は、この辺りの寮に人が来ると、野菜や果物などを売ってくれます。助かってますよ」

兄や達二人は絵図を片付ける時、興味津々《しんしん》な様子の一太郎に、念を押してきた。

「絵図を見たからって、出かけようと思っては駄目ですよ。前にも言いましたよね。長崎屋には、小さな子はいないんです。姿を見られたら、あれは誰かと噂《うわさ》になりますから」

「つまんない」

妖達は夏の間、村人から黄色いまくわうりを買い、井戸の水で冷やして出してくれた。秋になると、お八つは焼いた芋に替わった。一太郎が、縁側で鳴家《やなり》達と分けっこしていると、猫又《ねこまた》のおしろが眉尻《まゆじり》を下げている。

「今年は村に、栗《くり》がないんだそうです。残念ですね」

せっせと焼き芋を食べる一太郎は、元気一杯に育って、気がつくと五つほどに見えてきた。仁吉と佐助が、深く頷く。

「ぼっちゃんは、本当に丈夫になった。星の代替わりに巻き込まれ、いきなり赤子に戻った時は、どうしようかと頭を抱えましたが」

「あの騒動は、望外の幸運だったかもしれないですね」

この調子で大きくなっていけば、一太郎は来年辺りには、元に戻るに違いない。加えて、このまま丈夫でいられるなら、暫《しばら》くの養生など大したことではないと、仁吉は嬉《うれ》しげに語った。

「まあ、今だから、言える事ですけどね」

おしろが、ころころと笑う横で、一太郎が、庭の端に目を向ける。

「表、今日も誰か、歩いてる」

表ばかり気にしていると、その間に鳴家達が、芋を食べてしまった。おしろが苦笑と共に茶饅頭《ちゃまんじゅう》も出すと、一太郎は饅頭を幾つも袖《そで》に入れ、鳴家達と庭へ遊びに出て行く。

屏風《びょうぶ》のぞきが、その元気な様子に笑ってから、皆へ顔を向けた。

「ぼっちゃんが今回、丈夫に育ってるのは、あたし達、妖の手柄だな。何しろ夜泣きの時は交代で背負って、一晩中あやしてたんだから。それでも寝ない時は、大きな木の天辺《てっぺん》へ連れてって、昔話を聞かせたりしたし」

すると妖の手柄話など、いつもは取り合わない兄や達が、今日ばかりは大いに頷き、褒めてきた。妖達は胸を張り、一太郎が元のようになったら、長崎屋へ戻る前に、祝いをしようと言い出した。

「生まれ変わった若だんなのことを、盛大に祝わなきゃ。気が早いかね。でも、あたしらだけでなく、知り合いを大勢呼ぶには、前々からの支度がいるしさ」

野寺坊《のでらぼう》や獺《かわうそ》、ふらり火などに加え、禰々子《ねねこ》ら河童《かっぱ》にも来て貰《もら》ったらどうかと、屏風のぞきは言ったのだ。付喪神《つくもがみ》の鈴彦姫《すずひこひめ》が、世話になった九千坊《きゅうせんぼう》河童は九州にいるから、呼ぶには遠すぎるだろうかと首を傾げ、おしろが悩んだ。

「遠方のお客さんでも構わないなら、戸塚《とつか》宿の猫又さん達も招きましょう」

すると天狗《てんぐ》や、知り合いの御坊《ごぼう》方はどうだろうかと、金次が付け加える。

「広徳寺《こうとくじ》の寛朝《かんちょう》様や秋英《しゅうえい》さんは、人だけど妖が分かるし、招いても大丈夫だろう。今回は、寛永寺の寿真《じゅしん》様にも声を掛けたいね。寺、近いし」

そうすれば弟子である天狗、黒羽《くろは》もくっついてくるに違いない。

「きゅんい、鳴家はご飯が大事。沢山《たくさん》食べるの」

小鬼がお客より、芋がもっと欲しいと食い気を語ると、直ぐに妖達も乗ってきた。

「暑い盛りでないなら、大勢集まる時は、鍋《なべ》が必要だと思います」

おしろは葱鮪《ねぎま》と湯豆腐、軍鶏《シャモ》鍋が欲しいと言う。

「それに大きな酒樽《さかだる》と、卵焼きと、甘い菓子も欠かせません」

屏風のぞきが頷き、祝いの日までに、用意する料理や菓子の名を、きちんと決めておかねばならないと言う。

「若だんなが元に戻ったとなれば、大きな祝いになるからな。ご馳走《ちそう》が足りないのは、駄目だ」

するとしても兄や達も、是非、早く祝いたいと言ったから、金は出してもらえると決まった。ただ。

「食べて飲んで、楽しむのは良いが、この辺りの人に知られないよう、余り大騒ぎはするなよ。この根岸の寮はいつもの、長崎屋の離れじゃないんだ」

大店《おおだな》の建ち並ぶ江戸の町中、通町であれば、大きな宴も珍しくはないし、夜通し開いている食い物屋もある。

「しかし根岸は、ぐっと静かな土地だからな」

人が集えば、それだけで何事かと噂になる。宴を開いて騒いだら、間違いなく庄屋の家から、使用人が様子など見に来そうだと、佐助が言い切った。

途端、部屋内から不満の声が、幾つも上がる。

「やれ、江戸の真ん中より、家と家が離れているから、好きに騒げると思ったのに。そうはいかないなんて、不便だねえ」

だが文句は言っても妖達は、その内来る祝い事について、お客達へ知らせの文を書き始めた。

「だって、旅をお願いする妖もいますから」

おしろは晴れの日のために、一太郎に着物を縫わねばならないと、嬉しげに口にする。一方鈴彦姫は、今の小さい一太郎が着る着物も、そろそろ次が必要だろうと言う。仕立てて、余り経っていないというのに、丈が早くも短くなっているのだ。

すると、奉公人姿になっている屛風のぞきが、あっさりと告げた。

「おたえ様が新しい反物を、長崎屋から送ってきてるよ。余るほどある」

「なら、どれくらいの丈にしたらいいか、反物を合わせてみましょう」

鈴彦姫が、さっそく一太郎の名を呼んだが、返事がない。屛風のぞきが立ち上がり、縁側から庭を見たが、遊ぶ姿がなかった。

「おや、ぼっちゃんはどこだ？　厠《かわや》にでも行ったのかな」

屛風のぞきは、ひょいと濡《ぬ》れ縁から降りて辺りを回ったが、じき、庭の真ん中で首を横に振る。他の妖達が寮の中へ散り、四方へ探しに行った。だがその内全員が、困ったような顔で戻ってきた。

気がついたら一太郎が、寮からも、庭からも消えていたのだ。兄や二人が、眉を引き上げる。

「何でぼっちゃんが、寮にいないんだ？　まさかまた、乗った盥が、川に流されたんじゃなかろうな」

妖達が慌《あわ》てて盥を見に行ったが、動かした様子はなく、落ち葉が入っていた。とにかく、居ないものは居ない。金次が、骨しかないような腕を組んだ。

「ぼっちゃんは、どんどん育ってる。やれること、やりたいこと、興味があることが、増えてきてたよな？」

そして先には、この辺りの絵図に見入っていた。つまり……今日一太郎は、寮の庭から、己で外へ出て行ったのかもしれない。

「この寮から出た？　どこへ、何しに行ったっていうんだ？」

部屋で仁王立ちした兄や達が、妖の顔を見せた。

「この根岸の寮辺りにあるのは、田畑と村、大名屋敷や寺の塀ばかりだ。暮れれば明かりはない。今日みたいな曇りの日の夜は、己の手が見えないほど真っ暗になるぞ」

妖の血を引く一太郎は、妖と会えば、それと分かるが、他は並の人なのだ。勿論《もちろん》夜目など利《き》かず、提灯《ちょうちん》を持っていなければ、直ぐ側の道に居ても、長崎屋の寮へ帰って来られないだろう。

佐助が、眉間《みけん》に深く皺《しわ》を刻んだ。

「危ないから、もう勝手をしては駄目だと言ったのに！」

鬼に衣。一見は慈悲深そうに見えても、実は鬼のように恐ろしい相手は、世に数多《あまた》いる。一太郎は暫く、いつにも増して用心せねばならないのだ。

「直ぐに探さねば」

兄や二人が天に向かって吠《ほ》えると、妖達が庭に飛び逃げる。早く早く、一太郎を見つけないと、仁吉や佐助の機嫌が底なしに悪くなって、お八つに芋すら貰《もら》えなくなりそうであった。

「でも、ぼっちゃんがどっちへ歩んだのか、見当もつかないぞ」

屛風のぞきの一言で、兄や達の顔が、一層怖くなる。妖達は首をすくめた後、とにかく一太郎を探す為、寮の外へと出て行った。

2

一太郎は、寮の外に広がる田圃《たんぼ》の脇《わき》で、思いっきりわくわくしつつ、空へ手を伸ばしていた。袖に入っていた鳴家達も、饅頭を抱き、嬉しげに鳴いている。

するとき先ほど、寮の庭で出会った子供が、少し困ったような顔になり、一太郎を見てきた。子は出会った後、勘助《かんすけ》と名乗り、九つだと付け加えていた。

「坊は、五つくらいかな。なんか楽しそうだけど、本当に付いてきて良かったのか？」

問われたので、一太郎は笑って、多分、寮へ帰ったらお小言を言われると告げた。一太郎は、勝手に寮から出てはいけないと、何度も言われているのだ。

（なのに、表へ出ちゃった）

すると勘助は目を丸くし、更に問うてくる。

「なら、やっぱり戻った方が良くないか？　叱《しか》られるのが、怖くないのか？」

一太郎は首を傾げた後、勘助へ、では帰っても良いのかと聞いてみる。

「われが表へ出たの、勘助に頼まれたから。だよね？」

すると籠《かご》を背負った勘助は、口を引き結んだ後、居なくなっては困ると言ってきた。

勘助は先ほど、寮の庭で出会った、まだ小さい一太郎へ、助けを求めたのだ。

「きゅんい、子供がいる」

　少し前の事。一太郎は自分以外の子と、寮の庭の端で出くわし、驚いていた。目の前の子供は、酷《ひど》くばつの悪い顔をしたと思ったら、九つの勘助だと名乗ってきた。そして。

「あの……おれ、薬草を探してるんだ。その、村の人達がさ、今根岸の寮に来てる長崎屋は、薬種問屋だって言ってた」

　ならば種が落ちて、長崎屋の庭には、薬草が一杯生えているに違いない。勘助はそう思って、村から寮へ、何度か来ていたらしい。

「でも、人の声が聞こえたんで、なかなか中へ入れなくて」

「きゅんべ」

　勘助は一太郎へ、必死に訴えてくる。

「うちは百姓だけど、おれは次男で、奉公が決まってるんだ。もうすぐ家を出る。その時おっかさんに、薬を渡して行きたいんだよ」

　勘助の母親は、今年になってよく熱を出すようになり、胃の腑《ふ》も痛むらしい。

「きっと、おっかさんは、根岸の子供が、行方知れずになってる話を聞いて、心配してるんだ。それで具合が悪いんだよ」

「えっ？　そんな話、この辺であるの？」

勘助によると、この春ぐらいから、近所の村の女の子達が、居なくなっているという。妹がいる勘助は気味悪く思い、二親へ訳を問うたのだ。

だが親は、子供に心配を掛けたくないのか、消えた子供らは、奉公へ行っていると言うばかりであった。

「でも、奉公には早い子まで居ないんだ。近所の遊び仲間は、皆、奇妙だって言ってる」

山から熊《くま》が出てきて、食われたかもしれない、と言う子がいるらしい。鬼に出会って、攫《さら》われたという噂もあり、子供達は最近、早めに家へ帰るという。

「おっかさんが心配する筈だ」

「きゅい？　小鬼？」

「おれは兄貴だから、今は妹となるだけ一緒にいて、鬼から守ってる。けど奉公に出たら、それも出来ないし」

だから勘助は、己にもやれることを、必死に考えたのだ。唯一《ゆいいつ》思いついたのが、具合が悪そうな親へ、薬を残すことだという。

勘助の家では、今、薬が切れていた。

「本当は薬売りから、ちゃんとした薬を買いたかった。でもおれ、金持ってないし」

まだ子供の勘助を、働きにやるのだ。勘助の家は、きっと裕福ではないのだろう。

「だから……坊、長崎屋さんの庭に生えている薬草を、摘ませてくれないか」

「この寮の庭に、薬草、生えてるの？」

この話には、一太郎が魂消た。困って急ぎ、何とか話を伝えていく。

「われは、親が長崎屋さんから、寮を借りたんだ。で、ここにいるの」

一太郎は、とにかくそういう事にしておいた。長崎屋には今、幼い息子など居ないという兄やの言葉を、思い出したからだ。

「でね、お店の薬。刻んだり、潰《つぶ》したりした、薬草だよ」

つまり草から落ちた種が、店から遠く離れた寮の庭で、芽吹くことはないのだ。

「ええっ、そんなっ」

勘助が顔色を蒼《あお》くしたものだから、一太郎は、急ぎ付け加える。

「根岸なら、きっと野辺《のべ》に色々、薬草ある。長崎屋より、沢山」

仁吉は、江戸でも川の土手や林などに、薬草が生えていると言っていた。だが、それを聞いた勘助は、納得しなかった。

「薬草って、そんなに簡単に手に入れられるもんなの？ ならどうして、薬種問屋があって、お金を払って買う人がいるんだ？」

「薬草は、野山にあるの。でも、どの草が、何に効くか、皆、知らないの」

草木の、どの部分が病に効くかもしらない。いつの時期に採るかも、採った薬草をどうするかも、どれくらいの分量を、どうやって飲むかも、分かってない人がほとんどなのだ。

「それに、一つの草で作る薬、少ない。薬草を混ぜるの。分量、難しい」

そして、薬を作るのに必要な全《すべ》ての薬草が、欲しいときに、近所に生えている訳でもない。店でないと、買えないものも多くあった。

「あ、なるほど」

「おまけ。薬草と思って採った。それ、毒草かも」

「えっ?」

一太郎が、毒茸《どくきのこ》みたいに、毒がある草は結構あるらしいと言うと、勘助が顔色を変えた。薬草について知らないまま、試しに採って飲んでみたら、あの世に行きかねないわけだ。

勘助は天を仰ぐと、両の手をぐっと握りしめ、庭の隅で首を振った。そして、小さな一太郎と向き合うと、いきなり頭を下げてきたのだ。

「坊、お前さん、薬に詳しそうだ。そうだよな?」

「えっ？　その、うん」

「なら、おれに力を貸してくれないか。薬草集めを、手伝って欲しい」

「きょんげっ」

一太郎が目を丸くしていると、勘助は切々と語っていく。

「会ったばかりの奴《やつ》に、いきなり頼み事をされりゃ、びっくりするよな。おれはもう九つで、働きに出ると決まってるから、つまり大人なんだ。なのに、ちっさな坊に頼るなんて、情けないと思う」

自分とて、まだ十にもならない勘助が、五つの一太郎を、精一杯気遣ってくる。

「でもおれは、おっかさんに薬を置いていきたい。親が病で寝付いたら、その間に妹が、鬼に攫われかねない」

勘助は次男で継ぐ田畑はないから、そんな時でも、家を離れなければならないのだ。

「少し早いけど、奉公先が見つかったのは幸運だと言われてるし」

家にはまだ、弟、妹がいる。両親は勘助の食い扶持《ぶち》が減って助かると、夜、こっそり話していたらしい。

「そう……なんだ」

「だから、薬草探しを手伝ってくれないか。おっかさんへの薬に、毒草が混ざったら困る」

一太郎は、二度ほど首を傾げた後、にこりと笑って頷いた。

「いいよ。一緒に、これから寮を出よう」

「きゅんわ？」

勘助は母と妹を、鬼から救おうとしているのだ。

（ならば、妖と縁のある私が、力を貸すべきだよね？）

それに……無謀にも、勝手に表へ出ると決めた時、一太郎は満面の笑みを浮かべていた。その訳は、直ぐに思い浮かんだ。

「われ、わざと悪いことをしたこと、あんまりないの。覚えてない」

「坊？」

一太郎は、気合いの入った病人だったから、馬鹿《ばか》も無茶も、やれずにきたのだ。だから良い子だと言われると、良い子でしか居られないと、苦笑が浮かんでしまう。

（前に、兄や達から怖い顔で叱られたのって、いつだったっけ）

ちょくちょくお小言は降ってくるが、妖達が怖がるほど、二人が怒った時と言うと……直ぐには分からない。

（松之助《まつのすけ》兄さんと関わった時かな。あれだと、相当前の話になるけど）

ならば今日こそ、出来ずにきた悪さを、一太郎はやってみたいと思うのだ。

(後できっと、凄《すご》く叱られるよね。でも、勘助と行きたい)

直ぐにでも、表へ出かけねばならなかった。

「勘助、籠に一杯、薬草、入れよ」

「坊、助かるよ。ありがとうな。いや、そろそろ名前で呼ぼうか。何と言う?」

「あの……太郎」

「きゅんきゅわ?」

長崎屋の息子だとは言わなかったから、余所《よそ》の人に、〃一太郎〃だと名乗らない方がいい気がした。そして〃太郎〃ならば、多くある名だし、名を呼ばれた時、振り返る事が出来そうだと思ったのだ。

勘助は笑って頷き、二人は、勘助の家に近い所で探してみようと、まずは寮を離れた。そして橋を渡り、田畑に囲まれた地元の村へと歩いていった。

3

「勘助、おおばこ、咳《せき》に効くよ」

川南村に入ると、一太郎は早々に、長崎屋にも生えている、よく見る草を摘んだ。仁吉から、薬草だと教えて貰った草だ。

「勘助も地面から出てるとこ、摘んで。干して、煎《せん》じて飲むの」

一太郎は一回薬湯を煎じるのに、干したおおばこをこれくらい入れると、小さな手で、量を示す。間違えては駄目と言われ、勘助は頷いた後、目を見開いた。

「良く見る草なのに、こいつも薬草なんだな。驚きだ」

せっせとおおばこを集め、背の籠に入れたあと、勘助は一太郎へ、小さいのに凄いと、褒めてきた。

「他に、どんな薬草がある？　胃の腑に効くものがあると、嬉しいんだけど」

一太郎はにこりと笑うと、胃の腑に良い有名な薬草に、せんぶりがあると言い、村の川沿いへ目を向けた。

「きょげ、あれ、苦い」

だが野の草を見て直ぐ、一太郎は、顔が強《こわ》ばってしまったのだ。

「どうしてかな？　せんぶり、どの草か、分からない」

一太郎はここで、自分が余り野山を、出歩いたことがないからだと思い至った。それは大問題だったのだ。

「店にある、干したせんぶり、分かる。けど、野っ原に生えてるせんぶり、見たことない」

「それって……胃の腑の薬は、手に入らないってことかい？　おおばこは、分かったじゃないか」

「あれは、たまたま。うちの庭にも、生えてたし」

おまけにだ。野に生えている草を知らないということは……一太郎が分かる薬草は、ほとんどないことになる。

「どうしよう」

勘助と一太郎は呆然《ぼうぜん》として、立ちすくんでしまった。話が途切れると、子供の姿もなく、村の辺りは酷く静かになる。

するとその時、どこからか、声が聞こえてきたのだ。

(妖達が、探しに来たのかしら)

急ぎ声の方を見ると、目に入ったのが妖ではなかったから、ほっとする。墨染めの衣を着た御坊と、恰幅《かっぷく》の良い老人、それと三十路《みそじ》ほどに見える男が、何やら眉間に皺を寄せつつ、奥の家から出てくるところであった。

勘助が大人三人を、檀那寺《だんなでら》の僧と、村の庄屋と、上野にある、口入屋の弥次郎《やじろう》だと口にした。

「口入屋は、働きたい人を店へ、紹介するのが仕事なんだって。弥次郎さんは今、この辺の村で、奉公したい子を探してるんだ」

そして勘助にも、奉公先を世話してくれたという。上野の口入屋の紹介と聞き、一太郎が少し首を傾げた。

「勘助、どこで奉公するの？」

「太郎、おれ、料理屋へ行くんだぜ。深川にある、おっきな店だってさ」

「何と、深川の料理屋さん」

一太郎は目をしばたたかせたが、勘助の目は大人三人へと向かっている。

「何で弥次郎さん達が、揃《そろ》ってうちから出てきたんだろ。何か用だったのかな」

「あの、奥の家が、勘助の家？」

農家であれば庭で仕事もするし、土間も必要だから、家は大きめだ。だが、それにしても勘助の家は、考えていたよりぐっと大きかった。

（ああいう家に、薬一つ、置いてないのかな？　勘助を、九つで奉公に出すの？）

何か不思議な気がして、一太郎は目を見開き、家を見つめていた。するとその時突然、ふわりと背後から抱き上げられた。

「いたっ、見つけたっ」

袖内の鳴家達が、きょんわーっと声を上げる。小さな一太郎は、明るく笑った。

「見つかっちゃった。屏風のぞ……きじゃなかった、風野《かぜの》だ」

「やれやれ、無事で良かった」

付喪神の屏風のぞきは、いつものように、長崎屋の奉公人の格好をしており、今は風野と名乗っている。

そこへ駆け寄ってきたもう一人は、こちらも、店で奉公を始めた貧乏神、金次だ。勘助が呆然とし、御坊達三人が、一太郎らへ目を向けてきたので、迷子を見つけられて助かったと、金次は御坊へ明るく言った。

「おや、子供を探しておられたのか。とにかく、無事なようで良かった」

僧が笑う前で、心配したんだぞと、一太郎は屏風のぞきから、まず叱られる事になった。抱え上げられた若だんなが、小さく舌を出すと、金次が、やっぱり悪さを楽しんでたんだねぇと言ったので、また笑い声を立てた。

「われ、川南村の勘助と会ったの。勘助、薬草、探してた」

だから二人で、薬草を採っていたと言うと、近くにいた勘助が、太郎を叱らないでくれと、妖達に泣きついてくる。

「えっ？　太郎……という名なんだ。へええ」

うなる屛風のぞきへ、勘助は、太郎が表へ出たのは、自分が悪いと言い切った。ここで御坊が、寛永寺の僧昭円《しょうえん》を名乗った後、弥次郎と一緒に、勘助へ目を向けてくる。

「おや勘助、おまえ、小さな太郎坊に、薬草摘みを手伝わせたのか？　何で」

摘んだおおばこを見せ、勘助は正直に事情を話した。御坊の眉尻がさっと下がる。

「長崎屋の方々、勘助を許してやってはくれぬか。この子は程なく奉公にゆく。それで親のことを心配したのだ」

横から弥次郎も話に加わり、勘弁してくれと、一緒に謝ってくる。金次が口元を歪《ゆが》め、一太郎は慌てて謝った。

「あの、われがいけないの。ごめんなさい」

薬草探しから始まった騒動は、その一言で終わりを告げる。だが、長崎屋の者達が帰ると言うと、まだ、おおばこしか摘んでない勘助が、目を下に落とした。一太郎は急ぎ、懐《ふところ》から印籠《いんろう》を引っ張り出した。

一太郎が持っている薬は、近くで手に入る薬草とは違い、飲み終わったら補えないが、仕方がない。

「風野、これ。薬」

「あん？　おお、そうだな」

屏風のぞきは、中から、小さな薬の包みをいくつか取り出すと、熱冷ましと胃の腑の薬だと言って、勘助へ渡した。

「おっかさんに、頑張って手に入れた薬だと言って、渡すといい。長崎屋で売っているものだから、凄く効くぞ」

「あのね、それ、濃いの。一度にね、包みの、半分だけ飲んでね」

頭を下げる勘助に、一太郎が、屏風のぞきの腕の中から手を振る。

長崎屋の三人を見送った後、勘助が大人三人へ顔を向けたのが、分かった。多分、どうして揃って家を訪れたのか、問うているのだ。

(だって不思議だよね。御坊と、庄屋さんと、口入屋さんて、変わった取り合わせだ)

僧と庄屋は、村でも偉い立場の者だ。それが、余所から来ている口入屋と、百姓家を訪ねて行ったのだ。

(一体、何の用だったのかな)

一太郎は、直ぐに答えを思いつかなかった。

4

根岸の寮へ戻ると、案の定、兄や達の黒目は針のように細くなっていた。二人は目に怖い光をたたえ、まず金次と屏風のぞきへ目を向ける。

「ぼっちゃんは太郎と名乗って、近くの村の子と、薬草探しをしてたんだって？」

屏風のぞきは頷くと、勘助という子に頼まれたからだと、今回の件を短く告げた。しかし、薬草探しは上手《うま》くいっておらず、一太郎は途中であっさり、妖二人に捕まってしまったのだ。

「ぼっちゃんはさ、せんぶりが、分からなかったんだ。野に生えてるとこ、見たことなかったんだとさ」

「おや、そうだったんだ」

小さい頃、野山で駆け回った事がないからだと、分かったのだろう。兄や達は、少し怒りを抑え、一太郎にも他出の事情を聞いてくる。

「勘助という子とは、今日、初めて会ったんですよね？　どうして頼まれるまま、出て行ったんですか？」

母思いの子に同情した為か？　最初から薬を渡せば良かったと言われたので、誤魔化したりせず、きちんと本音を伝えた。

「われは一回、凄く悪い子に、なってみたかったの」

仁吉は寸の間言葉を失い、佐助は目に、涙をたたえてしまった。金次が、思い切り笑って言う。

「一太郎ぼっちゃんは、叱られるのを楽しんでるんだよ。心配されるんじゃなくて、雷を落とされてみたいようだ」

二人の兄やは溜息《ためいき》をつき、満足しましたかと、随分と低声《こごえ》で言ってきた。一太郎は急ぎ、ちゃんとごめんなさいを言い、頭を下げる。

しかし一太郎はその後、他出の事情は語ったからと、大人しく反省を続けたりせず、他の話を始めてしまった。疑問が湧《わ》いて、今も分からないままのことがあったので、兄やと妖達に、訳を教えて欲しいと願ったのだ。

「何を知りたいのですか？　野っ原に生えてるせんぶりの、見分け方でしょうか？」

話は聞くから、お八つの芋を食べながらにしてくれと、佐助が言ってくる。一太郎は素直に芋を手に取ると、小鬼達と分けながら、せんぶりではなく、気になっている事を語り出した。

何しろ疑問は、五つもあるのだ。

「おや。ならば書き留めておきましょう」

一太郎は頭に浮かんだ順に、短く話した。子供っぽい言葉を、仁吉がきちんとした文にして、皆へ見せてくる。
一、僧と、庄屋と、口入屋が一緒に、どんな用があって、勘助の家へ行ったのか。
二、勘助の家は、若だんなが見たところ、立派な百姓家であった。なのに薬一つ買えずにいたのは、どうしてか。
三、勘助はまだ九つなのに、何故《なぜ》今、奉公に行くのか。早いのではないか。
四、近くの村の女の子が、行方知れずになってるという話は、真実か。女の子は本当に、奉公に行ったのか。それとも熊に食われた？　鬼が攫った？
五、勘助の奉公先。深川の料理屋というのは、随分と遠くないか。店は同じ深川からではなく、どうして遠い根岸から、幼い奉公人を迎えるのか。
「おや、一回外へ出ただけで、こんなに沢山、分からない事を拾ったんですか」

佐助が目を見張る。しかしこれらの疑問は、そもそも一太郎と関わりないことであった。そして、世で衣をまとっている鬼が誰で、なにをやっているか調べるより、長崎屋の皆は、一太郎を守ることが先なのだ。

「五つ全部、忘れてしまいましょう。ぼっちゃん、それが一番簡単な終わらせ方です」

「やだ」

即答に、屛風のぞきが驚き、金次が笑い、仁吉は溜息を漏らす。仁吉はまず、根岸に熊が出るとは聞かないと、真面目《まじめ》に答えた。

「ここいらには大店のご隠居も、結構住んでおいでです。熊が出たりしたら、とうに、大騒ぎになってますよ」

そして鬼が出たとも、仁吉達は聞いてない。つまり四つ目の疑問、行方知れずの女の子達は、奉公に行ったのだろう。女の子でも、子守などに行くことがあった。

「三つ目の疑問ですが。九つでの奉公は、確かに早いです。が、無い話ではありません」

勘助には弟妹がいるのだ。奉公の話が来たので乗ったのだろうと、佐助があっさり言う。これでもう一つ、疑問が減った。

「二つ目、勘助の家に、薬が無かった訳ですが。きっと、三つ目の疑問の答えと被《かぶ》ります。妹の婚礼費用の為とか、弟を養子にやりたいので、金を貯《た》めているとか、色々事情があり、倹約しているのでしょう」

子供が多ければ、出て行く金も増え、物いりなことだと妖達が話し出す。すると屏風のぞきが、一つ目の疑問は、自分が答えを見つけたと言い出した。

「僧と、庄屋と、口入屋が、一緒にいた事情だけどね。口入屋は、勘助の奉公の件で、家へ行ったんだろう」

庄屋は、剣呑《けんのん》な鬼の噂を聞き、勘助の妹が怖がっていないか、見に行ったのかもしれない。御坊は、具合が良くなさそうな勘助の母親を、見舞ったのではなかろうか。

「三人が一時に集まったのは、たまたまのことだ。そういう日もあるさ」

確かに無いとは言えないので、一太郎は黙ったままでいた。四、三、二、一と答えが出た後、五つ目について考えたのは、おしろであった。

「深川は結構遠いですが、根岸からなら、川伝いに舟で下れます。思いのほか早く行けるから、人の行き来があるのでは？」

すると貧乏神の金次がここで、己にふさわしい言葉を足してくる。

「ひゃひゃっ、遠くへ奉公するのは、この一帯に、奉公人を雇おうっていう金持ちが、居ないからじゃないか？　根岸は名の知れた場所だが、別宅が集まる辺りから出ると、どうしてかね、金の匂《にお》いがしないんだよなぁ」

江戸の町中へ、青物など売りに行く百姓達は、昨今、実入りが良いと噂されていた。

つまり儲《もう》けて根性を悪くし、貧乏神に祟《たた》られるべき奴がいる筈と、金次は根岸へ来るとき、期待していたのだ。

「なのにさぁ、来てみたら、拍子抜けだった。根岸のご隠居達は慎ましく、俳句など詠《よ》んでるだけだし。近くの村じゃ、薬代にも困ってるし」

江戸近在の百姓達はしっかり者で、野菜を売りまくるだけでなく、田の畦《あぜ》にまで花を植え、売ると言われているのに。

「考えの他のことって、あるもんだ」

「きゅい、きゅわ」

一太郎の問い全てに答えを出せたので、兄や達は機嫌を直すと、夕餉《ゆうげ》の前に、小さな一太郎を湯殿へ連れて行った。

小鬼達が一斉に付いてきて、湯桶《ゆおけ》に乗り込み、湯に浮かんでいる。一太郎は仁吉に、ぬか袋で体を洗って貰うと、ぽんと、湯の中に居た佐助へ渡された。

「あったかい」

「きゅい、きゅわわ」

お湯は心地よくて、寝てしまいそうなほどだ。けれど、一太郎にはまだ納得がいかないことがあって、それがぐるぐると頭を巡っていた。

「ねえ佐助。村の女の子達、本当に奉公へ行ったの？　勘助はもう九つなんだよ。それだけのことならどうして、妹が鬼に攫われるんじゃないかって、今も心配してるの？」

五つの疑問の答えには、どうも、すっきりしないことが残っているのだ。

だが佐助は、それを確かめるため、表へ出ては駄目だと念を押してから、一太郎を湯から上げ、またぽんと仁吉へ返した。手ぬぐいで、わしゃわしゃと拭《ふ》かれたあと、今度はおしろが受け取って、寝間着を着せてきたが、早くも丈が短くなったと眉を顰《ひそ》めている。

妖達にとっては、鬼が表を歩むのは、並の事なのだ。それよりも、短くなった着物の丈が一大事と分かり、一太郎はそっと溜息を漏らした。

5

その後、兄や二人が、長崎屋の用で一旦《いったん》、根岸の寮から離れた。よって屏風のぞきが、寮近くの川沿いなどへ行き、色々薬草を摘んでくる。そして、野辺ではこんな風に生えていると、寮の庭で一太郎へ見せてきた。

「あたしも仁吉さんから教わったところだから、間違いはしないよ。紫の筋が付いた花の草、こいつが勘助が欲しがってた、せんぶりだ」

「きゅべっ」

秋に花が咲く薬草で、胃の痛みなどに効くし、干したものを湯に浸すだけで飲めるから、便利だという。

「ただし……ぼっちゃんは、よぅく分かってるよな？　うん、そりゃ苦いんだ」

一太郎は、細い葉っぱも確かめ、日当たりの良い草地に生えると聞くと、これからは自分も間違わずに摘めると頷いた。屛風のぞきが次に見せてきたのは、夏に白い花を咲かせるという薬草だ。

「げんのしょうこ。同じように、日当たりのいい土手なんかに生えてる。胃の腑に効くぞ。葉っぱは切り傷の薬になるそうだ。こっちのかわやなぎは、川辺に生えてる」

陰干しにしたかわやなぎの皮は、煎じて熱冷ましにできるという。この木は、結構そこいらにあるのだそうだ。

「おおけたでは、綺麗《きれい》な桃色の花が咲く草だな。葉と種を集めて、干しておくんだ」

煎じた薬に布を浸し、当てておくと、打ち身や腰の痛みなどにいいという。正直に言うと、庭先で手に入る上に、何種も混ぜなくても薬になる薬草は、一太郎が馴染《なじ》んできたものではなかった。

（でも何か、面白いよね。その内自分で煎じて、飲んでみようかな）

するとと、一太郎の考えを見透かしたかのように、屏風のぞきが言葉を添えてくる。

「ぼっちゃん、薬草と毒草を間違えたら、大事になるよ。ほれ、これは毒草の方だ。とりかぶと」

「葉っぱ、げんのしょうこに、似てる」

一太郎が間違えないよう気を付けると言うと、屏風のぞきは頷いた。そして一旦薬草の話を終えると、屏風のぞきはそっと、別の話を付け足してきた。

「この草を摘みに表へ出たとき、近くの川の船着き場で、荷運びの船頭に会ったんだ。で、熊が出るとか、鬼が出るとかいう噂を、この辺りで聞かないか、問うてみたんだよ」

屏風のぞきが、切り傷に付けろと、げんのしょうこを差し出すと、船頭は思いも掛けない程はっきり、噂はあると答えてきた。

「ここんとこ川上の村じゃ、子供は家に隠れて、表で遊ばないそうだ」

屏風のぞきは一太郎を見つめ、にたりと笑った。

「さて、ぼっちゃん。噂の鬼は、何者なんだと思う？」

本物の〝鬼〟が現れたのか。

それとも、山から熊が出てきたか。

子供が消えたという事は、もしや、小さな子が罹《かか》りやすい病が、流行《はや》っているのか。

それとも……一太郎は、妖を見つめた。

「われ、思いついてることがあるの。御坊と庄屋さん、それに口入屋さんが一緒にいた事と、子供、関係あると思う」

その事情とは、何なのか。妖が、一太郎を見つめてくる。

ところが、一太郎と屛風のぞきの話は、ここで途切れた。傍らの、低い木の茂みから、突然手が突き出されてきたかと思うと、小さな一太郎の着物を引っつかんだのだ。

「きょぎゃーっ」

袖内に居た、鳴家達の悲鳴が響き渡る中、一太郎は寮から、表の道へ引っ張り出された。

「痛いっ」

茂みの枝で、手や足に傷を作り、顔を顰《しか》めている間に、誰かが一太郎を抱えてくる。知らない男が、笑いを含んだ声で言った。

「やった！　当たりだ。遠目で見ただけだったが、間違いなかった。こりゃ、器量よしだ」

「器量よし？」

見れば一太郎を摑《つか》んできたのは、見たこともない二人組であった。何が起こったのか分からず、身をよじっていると、屛風のぞきが庭から飛び出してくる。男二人を見て、大声で吠えた。

「助けてくれっ、人さらいだっ」

「ぎゃぎゃぎゃぎゃーっ」

途端、寮の中から妖達が、血相を変えて駆けだしてくる。一瞬で辺りが冷えたから、金次も来ていると分かった。

「おいっ、何しやがるっ」

場久と金次の声が重なり、何時《いつ》になく怖い。

「五つのぼっちゃんを、目の前で攫われたとなったら、大事だ。我らはこの先二度と、長崎屋へは入れなくなるぞ」

場久がつぶやいた途端、冷え冷えとした辺りが、悪夢の中のように薄暗くなった。そこへ金次が更に、不機嫌な言葉を重ねる。

「あたし達は、落ち着ける場所を、簡単に見つけられる訳じゃないんだ。その大事な場所を、若だんなごと奪う気なのかい」

「は？　若だんな？」

　小さな一太郎を抱えた男が、一寸《ちょっと》、眉根を寄せる。それを間近で見た一太郎は、摑まれたまま、ふと思いついて、思わず笑みを浮かべた。小さな子の着物は、似たり寄ったりの形をしているのだ。

「おじさん」

　男の顔を見上げつつ、はっきりと言う。

「われ、女の子じゃないよ」

「は？」

　男二人が、呆《ほう》けたような顔つきになったと思ったら、怖い顔で、一太郎の着物をはだけてくる。途端、男だと声が上がり、一太郎を空へ放り出したものだから、袖内の鳴家達がまた、とんでもない悲鳴を上げた。

「ぎゃーっ」

　向かいから、妖達の絶叫も響く。

　おしろが猫又に戻り、それを場久が一太郎めがけて放った。その間に、人には見えない小鬼達が、男らの足下へ押しかけ、数の力で押し倒す。

おしろは空で、さっと人に戻ると、一太郎を抱えた。鈴彦姫が飛んでそれを支え、三人は無事、道へ降り立つ。その時道の傍らで、場久や金次、屏風のぞき達が、後から来た守狐《もりぎつね》達と共に、男らを袋だたきにしていた。

「ぼっちゃんが、とんでもない目に遭ったってだけで、兄やさん達は、きっと癇癪《かんしゃく》を起こします。責任、取ってもらいます」

これから暫くの間、逃げだしたくなる程の、悪夢を見続ける事になるから、覚悟しろと場久が言う。金次は、この二人は誓って、この先大損をすると、怖い言葉を向けた。

「男の子だと言って、放り出したということは、女の子ばかりを攫ってるってことか。こいつら子供を攫っては、吉原にでも売ってるんだろ」

近くの代官所へ突きだしてやると、屏風のぞきが言った途端、男二人は死に物狂いで何かを払ってから、川へ向かって駆けだす。

「舟で逃げる気だ」

場久や守狐達は追おうとしたが、それを屏風のぞきが止める。

「舟が用意してあったら、あたし達が追っても無駄だ」

だが、川を支配しているのは船頭ではないと、屏風のぞきは言い足した。

「泳ぎの下手な、人でもないわな」

すると鈴彦姫が頷き、急ぎ寮へと戻っていく。一太郎を連れたおしろが、金次達の方へ寄ってきて、にこりと笑った。

「川なら、河童《かっぱ》に敵《かな》う者は居ませんね。ええ、この近くの流れにも、河童はいるでしょう」

そこへ鈴彦姫が、季節柄胡瓜《きゅうり》がなかったと、柿を笊《ざる》に入れて戻ってきた。河童は果物も好物だから、皆は川へと向かう。

船着き場から少し離れた岸へ辿《たど》り着くと、先ほどの男二人は早くも舟で、川へ漕《こ》ぎだしていた。おしろと鈴彦姫が川面へ声をかけ続けると、じき、河童の頭がぽかりと、水面に現れる。

柿の入った笊を手間をかける礼だと言って流れに入れ、先をゆく舟の者達がしでかした悪行を告げると、禰々子の知り合いだという河童は、ゆっくりと頷いた。じき、柿の入った笊は水の内に消え、河童の頭も見えなくなる。

岸から妖達皆と、遠ざかってゆく舟を見つめていたら、かなり姿が小さくなった辺りで、舟は突然、ひっくり返って消えた。

6

長崎屋の妖達は、兄や達から、怒りを向けられずに済んだ。

一つには、皆で人攫いに、一矢《いっし》報いておいたからだ。もう一つには、一太郎が今日も元気一杯、お八つを沢山食べたゆえだ。

変事を聞いて、慌てて通町からやってきた兄や達の前で、一太郎は、二人が持参した団子、饅頭を、どんどん食べていった。

「きゅい、きゅわ、お団子おいしい」

「これ、栄吉《えいきち》が作ったお団子だ。随分上手になった」

「ぼっちゃん、栄吉さんは最近、すあまも得意になってきてます」

佐助が頷き、皆、寮の部屋で機嫌良く、お八つを平らげた。佐助は河童達へ、別に酒でも贈っておこうと口にする。

「舟を漕げる奴らなら、川に落ちても、溺《おぼ》れはしなかったでしょうが。人攫い達、少しは懲《こ》りるといいんだが」

すると、辛あられを食べ出した一太郎が、寮の庭を見てから、皆へ顔を向ける。

「ねえ、寮に、人攫い、出たんだよね」

ならば、根岸辺りの女の子達が居なくなった訳は、きっと鬼ではない。熊でもない。

「人攫いか……人買い」

奉公させるという形にして、吉原などで、おなご達に身売りをさせる輩《やから》だ。

「ぼっちゃんへ手を出してきた二人が、他の女の子達を買ったり、攫ったりしたと、思うんですか？」

佐助に問われ、一太郎は、他にもいるかもと、短く言った。兄や達と妖らが頷く。

ここで、おしろが話を組み立て出した。

「この根岸には、人買いが入り込んでたんですね」

それが噂になり、恐ろしさから、熊と言われ、鬼とも語られたのだ。次は、屏風のぞきが話す。

「ただ、さ。さっきの男達が、根岸の村全部を、回っていたとは思えないんだよね」

川へ落とされた二人は、男の子か女の子かも確かめず、いきなり幼い一太郎へ、手を出している。上手く人を攫っていたようには、とても思えなかった。

だが今、根岸の辺りでは、妙な噂が立つほど、幼い子を見なくなっているのだ。

「怖い人買いは、他にもいる。どれくらいいるんだろ」

場久が顔を顰めた。

「何百年も前だと、村へ入り込んできたまれ人は、人を襲ったし、反対に、己が命を落としたりもしましたね。熊じゃないですけど、喰うか、喰われるかの話になる事も多かった」

昔は誰もが、生き延びていくことに必死だったのだ。油断していると、賊に襲われる。入り込んできた余所者に、いや、人ならぬ者に、村ごと喰い尽くされたりもした。

ただと言い、ここで場久が首を傾げる。そして、何でだろうと口にした。

「江戸近くのお百姓達について、今まで、物騒な話は聞いてませんよね。稼ぎがいい、という話ばかりあった」

数が増えた江戸の住人達へ、野菜を売り花を売り、漬物などの特産を売る村まで現れ、がっつり金を得ている。百姓の金持ちが現れてきたと、言われていたのだ。

「儲けていたなら、どうしてそんな村へ、人買いが集まったんでしょう。裕福だという話はただの法螺《ほら》で、根岸辺りは、食うにも困る貧乏な村ばかりだったのかな」

年貢《ねんぐ》の払いにも困ってしまったら、子を吉原へ年季奉公に出すことも、あるかもしれない。だが、おしろが首を横に振った。

「根岸辺りの村は、嘘《うそ》偽り無く裕福だと思います。だって勘助は、四人きょうだいですよ」

男の子三人に、妹もいる。

「沢山の子供を、養えてるんです。やはりどう考えても、食うや食わずの村とは思えません」

貧しい村だと、子は男の子と女の子、二人きりが多いという話があった。

「それとも、ここ暫くの間に、突然困るような事が起きて、村が貧しくなった。で、人買いが押しかけてきたんでしょうか」

それなら話の筋は通るが、幾つもの村に何が起こったというのだろうか。

「皆が一遍に困った大事って、何でしょう。私、見当が付かないというか……」

言いかけた鈴彦姫の言葉が、途中で止まる。妖達が目を見合わせる。思いついた事情が、確かに一つだけあった。

ここで一太郎が口を開く。

「干ばつ」

妖達が、揃って天井を見上げた。

「あれかっ……天の星の代替わりの時、起きた災難！」

今年は、酷い日照りとなり、皆が困った。田植えが出来るかどうかすら分からず、お百姓達は、日々心配の塊になっていたのだ。

「余程水に困ったら、まずは飲み水にし、次は年貢を納める為、米を作る田圃に使います」

畑などへ水が回されるのは、その後だ。皆が目を見合わせ、やがて屏風のぞきが小さく頷いた。

「間違いない、大本は干ばつだ！」

田植えの前など、暑いくらいだった。水がなく、畑に植え付けた作物が、一斉に枯れたのかもしれない。場久が言うと、妖達は、村で起こる変事を色々上げた。

「いつにない天気のせいで、野菜に病が出たかもな」

「蚕を飼う為の、桑が枯れたのかも」

町中の家は、広くないところが多い。漬物や味噌《みそ》を作っても、置いておく場所がないから、近在の村で買い、時々届けてもらう約束の品も多い。

「その漬物や味噌が、腐ったとか」

手が加わっている品は、ただの作物より高いから、駄目になると損害も大きくなる。そして、暑さが凶事の元だとしたら、近在の村が一斉にやられても、おかしくはない。

「もっと思いつきます。あの頃は、川で龍が暴れていた。だから川魚の漁も、満足には出来なかったかもしれません」

鈴彦姫が話すと、あーっと言い、金次が額へ手を当てた。

「それで、金があると言われてる村で、裕福な匂いがしなかったんだ。そうだよな、あの干ばつで、一番とんでもない目に遭ったのは、お百姓達だよな」

つまり、根岸の周りに広い田畑を持つ者達だ。村は傾き、厄介な噂が広がって、良からぬ奴らを、引きつけてしまったのだ。

「ここじゃ、祟るのは無理かぁ」

金次が溜息をついていると、一太郎が、貧乏神の顔をのぞき込んだ。

「金次」

「ほい、ぼっちゃん、何かな」

「根岸、日照りで、商いの損、出たかも」

そして大損をして困っている村に、人買いが集まった。それから。

「どうなった、の？」

「はて、ぼっちゃん、どうなった、とは？」

「人買い、女の子達、買ったの？」

元々余裕があって、兄弟が多くいた村々だ。そこが困った時、親は子を売ってしまったのだろうか。

子は鬼に、攫われてしまったのか。

「きゅんげっ」

ここで小鬼達が、怒った顔になった。

「鳴家、何も食ってない。お団子ない」

勘助達、根岸の子供は、親から何も知らされていない様子であった。ならば。

「揃って勘助の家、行った三人。何、してたの？」

庄屋や、御坊や、口入屋は、何を考え、どう動いているのか。一太郎は、それが知りたいと思ってしまうのだ。

金次が、口元を歪めた。

「ひゃひゃっ、どうだろうね。田植え前に駄目になった畑地に、夏、瓜がなってた。作付けをやり直した金、どこから出てきたのかね」

兄や達は一太郎へ、そんな話、忘れてしまえとは言わなかった。

「ぼっちゃんに、忘れて欲しいと言っても、うんとは言わないでしょう。まぁ、既に巻き込まれてますしね」

ならば根岸で何があったのか、長崎屋の皆は、知らねばならないだろう。

「そうでないと、ぼっちゃんはこの先、根岸で落ち着いて暮らせなくなる。養生が出来なくなりますから」

どんなことよりも、一太郎を一番大事にせねばと言い、兄や二人が立ち上がる。その姿を、一太郎は畳の上から静かに見上げた。

7

鳴家達はとても賢かったので、方々へ、ちゃんと文を届けた。何匹か迷子も出たが、庄屋や御坊や口入屋などへ、とにかくお使いは果たした。

村の女の子がいる場所は、川南村にある大きな倉で、味噌を造っていた場所だと、文には記してあった。

今年は、魂消る暑さに見舞われたので、妙な黴《かび》が生え酸《す》っぱくなり、味噌は売り物にならなくなった。よって今、倉は空いている。その倉に、村の女の子達がいると、知らせが行ったのだ。

そして、そろそろ暮れ六つが近くなり、日暮れの曖昧《あいまい》さに包まれてきたころ、まず倉へやってきたのは、庄屋達ではなかった。男達が幾つもの組に分かれ、喋《しゃべ》らず、音を立てず、夕刻に紛れ倉へ現れたのだ。

その中に、先に一太郎を女の子と間違え、連れ去ろうとした二人がいるのを見て、倉で待っていた鳴家が低く鳴いた。

「きゅんべーっ、きたー」

今日は何故だか、倉の戸が開いていたので、男達はすんなり中へ入る。だが、がらんと物の無い一階を見て、皆顔を顰め、舌を打ち鳴らした。

それから全員競うように、二階への梯子《はしご》を上がっていったが、多くの道具が転がっているだけで、そこにもやはり人はいない。また舌打ちが聞こえ、梯子を降りようとしたところで、一階に庄屋達が現れ、互いに睨《にら》み合う事になった。

「おや、村の倉に、なぜ余所の者が入り込んでおるのかな」

庄屋が眉間に皺を寄せて問うと、人買いの内、頭《かしら》は反対に、大層機嫌良さげな顔になった。そして頭は柔らかい言葉を、庄屋や御坊、口入屋へ向けたのだ。

「お三方とも、こんな刻限まで働いていて、大変ですなぁ。根岸の辺りは今年の暑さで、随分と酷い損を、出したと聞いております。その始末をしているのですかな」

畑の作物が枯れ、花すら思うように育たなかった年だ。雨が降った後、村は、早く育つ蕎麦《そば》を空き地で作り、損を補っているると、話が伝わっているのだ。

「江戸近くの村々は、儲けてますがね、失敗した時は損が大きい。だから我らが、力をお貸ししようと言ってますのに」

村が危ういとき、子供達が大勢いるのは、ありがたいことではないかと、男は堂々と口にする。

「女の子に、吉原辺りで暫く奉公してもらえば、まとまった金が手に入ります。その金で、村を立て直せばいいんですよぅ」

ねっとりと絡《から》みつく言葉を聞き、庄屋の傍らにいた御坊が、人買いの頭へ怖い眼差《まなざ》しを向けた。しかし頭は引かず、女の子達を、どこへ隠したのか問うてきた。

「我らが庄屋さん方に声を掛けた途端、女の子があっという間に、村から消えたんです。魂消ましたわ。金は無くとも、動きは速かったですな」

だが。一階を見下ろしている頭の顔が、ここで一気に怖くなる。

「来年こそ立ち直る算段を、しましょう。でないと、村はずっと困ったままですよ。ええ、我らと、仲良くしましょうや」

倉の内を、しばし静けさが覆《おお》った。

ただ静寂は、あっという間に破れた。

ここで一階に、新たな顔が現れたのだ。一度会ったことのある庄屋達へ頭を下げたのは、屛風のぞきであった。その後ろから、おしろに抱えられた一太郎も、現れた。

屛風のぞきは、遠慮もなく梯子へ寄っていくと、突然どんと蹴飛《けと》ばす。人買い達が悲鳴を上げ、降りかけていた梯子から二階へ戻る。

すると外から兄やと妖達も現れ、庄屋、御坊、口入屋へ、お邪魔しますと律儀《りちぎ》に頭を下げた。そして人買いと村の三人、双方へ顔を向け、臆《おく》することもなく言ったのだ。

「一階、二階に集まった御仁《ごじん》らへ、申し上げておきます。実はこの倉に、近在の村の女の子達が集まっていると伝えたのは、手前ども長崎屋の者でして」

もっとも子供達は、思い違いでこの倉には居なかったと、仁吉はあっさり言う。だが。

「その間違いのおかげで、はっきりしたことがありました。ええ、寮においでの太郎ぼっちゃんが、気にしておいでだったんで、分かって良かったです」

近くの村の子供達が、行方知れずになってるという話は、真実か。子供達は、奉公へ行ったのか。それとも熊に食われたか、鬼が攫ったのか。

「実はどの話も、真実ではなかったんです。そういうことですよね？」

仁吉が庄屋へ目を向けると、村の長《おさ》は苦い顔をして、御坊と見合った。そのまま返事が無かったので、一太郎の前で、兄や達は先を語り出した。

「先ほど人買い達が、この辺りの村を襲った不運について話してました。その事情は、正しいようだ」

佐助が世話になった河童と、酒を届けるかたがた、話をしたのだ。田植え前の日照り以来、川を行き来する商いの舟が、いつになく減っていると、河童は言ってきた。

(つまり、村は貧乏になってたんだ)

畑のものが枯れたので、今年の瓜は、水気の少ないものしかなかった。栗も、売れるようなものは採れず、一太郎は食べられずにいた。

村中が貧乏になったとき、庄屋や御坊だけでなく、子を持つ親達は、この後どうするのか、人買い達に試されることになった。

「誰もがとんでもなく苦しい時に、我が子を売れと、金をさし出されたんです。もし金を突っ返すなら、この先、年貢が払えるか、村の皆は悩むことになる」

そして……どれ程悩んだか、長崎屋の者達には分からない。とにかく村々は揃って答えを出した。子供らを売ると言った者はおらず、攫われないよう隠してしまったのだ。

「それで、今も人買いが、女の子達の行方を捜しているんです」

妓楼《ぎろう》の主《あるじ》達に、器量よしを何人も連れて行くと約束していたようで、人買い達は困ったろう。佐助の言葉を耳にした口入屋が、良く調べましたねと、驚いて言う。

するとと仁吉がそれは怖い顔になって、間抜けな人買いが、長崎屋の太郎を女の子と間違え、攫おうとした件を皆へ告げた。

「お、おや」

「御坊、こちらが太郎ぼっちゃんを取り戻すと、人買いは慌てて舟で逃げました。それで、何でそういう大事が起きたのか、こちらも調べたんですよ」

あぶり出されたのは、村と人買いの、争いだったというわけだ。御坊が大きく息を吐いた。

「太郎さんとは……先に勘助と一緒に居た、あの小さい子ですね。それは、とんだ目に遭わせてしまいました」

確かに、女の子と間違えそうな子であったと、御坊が眉尻を下げている。仁吉はここで、人買い達を睨んだ。

「ですからね、長崎屋としては、当家へ阿呆をしてきた者達へ、意趣返しをすることにしたんですよ。何しろ、うちの……太郎ぼっちゃんを、怖い目に遭わせたんですからね」

それで仁吉と佐助は、そっと恐ろしい手に出た。何と貧乏神の金次に、人買い達のことを調べさせたのだ。名を呼ばれると、金次が大層機嫌良く、皆へひらひらと手を振った。

「あたしは長崎屋の奉公人で、金次と言います。ええ、人買いのことを調べるなんて、初めてでしてね。どういう皆さんなのか、興味津々でした」

金次としては、貧乏神として取っつく者を、人買いの中で見つけたかったに違いない。

ただ貧乏神が関われば、何事も、ただでは済まない。よって金次が自分で何かをする前に、事は動いてしまった。

「女の子達を奉公に誘うのに、こちらの人買いさん達、上野に泊まって根岸へ通ってますよね？　それでね」

噂を集めに、今日、金次が上野へ行ったところ、とんでもないことに出会ったのだ。

「安宿が何軒か、集まってる辺りがあってさ。そこで、ぼやが起きてたんだ」

幸い大火にならず、人死にも出なかったので、大騒ぎも起きなかった。よって燃え残った場所で、店は商いを続けていたのだ。ただ。

「小店や、離れが燃えた旅籠《はたご》じゃ、店が預かってた荷が、燃えちまったんだよ」

「えっ？」

なぜ金次にそれが分かったかというと、その燃えた荷は、金次が調べに行った人買いの、荷であったからだ。貧乏神が関わったら、諸事、無事ではいられない。

「人買い達は、他の村からも女の子達を奉公させ、連れてた。根岸で買った子と、一緒に妓楼へ連れて行こうと、その子達を、馴染みの宿へ預けてたんだよ」

ところがぼやで、その女の子達の証文まで、燃えてしまったのだ。

「まあ無くなったものは、仕方がないわな」

「ええっ？」

二階から、ざわめきが落ちてくる。金次によると、上野は、評判の良い同心の旦那が、受け持っているらしい。女の子を縛る、人買いの証文が無くなったことを知ると、同心は、それでは奉公など無理だろうから、家へ帰れと言ったようだ。

「は？　そんな馬鹿な」

二階から、今度は強《こわ》ばった声が伝わってきたので、金次は笑った。

「いや、あたしに文句を言ったって、どうにもなりゃしない。あたしが上野でぼやを知ったのは、昼前だ。もう女の子達は、家へ帰ってるよ」

つまり、だから。ここで仁吉が笑った。

「この根岸の里辺りで、いつまでも村へ迷惑を掛け続けてたから、あんた達は、上野にあった証文を失ったのさ」

同心が、帰っていいと言ったのだ。子供達が無事家に帰り、証文が焼けた事を知ったら、親達は直ぐに、証文の事など忘れることにするだろう。

「じょ、冗談じゃない。そんなことを勝手にされちゃ、たまらんわ」

根岸での事より、焼けた証文の始末が先だと、二階から人買い達が、何人か下りてくる。すると先に一太郎の袖内で、怖い目に遭った鳴家達が、仕返しに出た。人に見えないのを良いことに、梯子を下ってくる者達の足を、ひょいとくすぐったのだ。

上の一人が足を踏み外すと、下にいた者を巻き込み、一階まで転げ落ちる。足をひねった者、甲にひびが入った者まで山と出て、いよいよ人買い達は、根岸を出るしか無くなった。

屏風のぞきが、金次を見てから言う。

「二度と、この辺りには来ないこと。さもないと、また不幸が押しかけてくるよ」

すると、何やら薄ら寒いものを感じたのか、人買い達は里を離れて行った。一人逃げだすと、足を引きずりつつ、皆、続いたのだ。

「きゅい、勝った!」

倉の二階から人買い達が消えると、皆が大きく息をつく。だが、十分祟り損なった金次は、機嫌が良くなかった。

「なんだぁ、人買いを名乗ってるのに、結構、根性がない奴らだね」

あれしきで村から逃げだすとは、人買いにあるまじき弱さだと言う。すると、おしろが抱えていた一太郎は、ここで少し身を乗り出し、庄屋や御坊へ顔を向けた。

「あのね」

色々問いたいことがあったが、小さくなっている一太郎には、なかなか難しい。するとだ。一太郎が聞きそびれていることを、何と御坊が兄や達へ伝えてきた。深く頭を下げると、御坊達は助けてくれたからと、今、村がどういう事になっているか、倉で話してきたのだ。

「人買いが、この村について語ったことは、合ってます。我らは貧乏になったが、女の子らを奉公には出さぬと決めました」

それこそが、真っ当な事だと、皆は思った。だが……しかし村には今、金が無い。

「恐ろしく、辛《つら》い毎日となりました」

余裕がないどころではなく、食っていく為の銭が足りないのだ。放っておいたら、飢えかねないくらいだった。

それで村の者達は話し合い、まずは手持ちの品を、それこそ椀《わん》の一つまで、全部売った。

「皆の家に残っていた、熱冷ましまで売りました。勘助が、心配する事になりました」

「お薬。それで無かったんだ」

一太郎が、ただ目を見開く。村々は力を合わせ、何とか食いつないでいこうとしていた。

「長子以外の男の子達は、できるだけ早く、奉公に出される事になりました。人数が多かったので、根岸の出の、口入屋さんにお願いしました」

勘助の奉公先が深川になったのは、子供が多すぎ、近くに働き口を見つけられなかったからだという。口入屋はその上、子守などで、女の子も余所へ出していた。

「先に奉公先を見つけてしまえば、人買いが手を出せなくなりますから」

小さくて、まだ奉公が無理な子は、一時、寺に預かってもらっているという。なのに、倉にいると文が来たので、何事かと、庄屋達は今日、ここへ見に来たのだ。

「長崎屋さんのおかげで、とにかく人買い達は、村を去りました。ありがとうございます」

後は野菜や花、味噌やどぶろくなどが元に戻れば、実入りも増え、人買いに目を付けられることも無くなるに違いない。しかし、だ。

「味噌の失敗などで、かなり借金が残っております。この先、返していかねばなりません」

暫くかかりそうだと、庄屋がなさけなさそうに言う。今は皆で力を合わせているが、長引けば、堪えきれない家も、出てくる筈であった。

「各村にとっては、これからが厳しいと思います」

すると一太郎は少し首を傾げ、空っぽの味噌倉を見た。それから川の方へ目を向け、仁吉へ言ったのだ。

「せんぶり、かわやなぎ、おおけたで、げんのしょうこ」

一寸、目を見開いた仁吉が、ああと言って頷く。屏風のぞきも、何を話しているか気がつき、村の川沿いに、結構良い薬草が生えていたよと言ってくる。

「この村には薬草になるものが、結構あるみたいですね。花の代わりに摘んで、干しておいてくれれば、長崎屋が買いましょう」

仁吉がそう言った途端、金儲けの上手い江戸近郊の百姓達は、直ぐに乗ってきた。

「どんな薬草だと、良い値で買って貰えますか？　この先、長く買い取って貰えるなら、ただ摘み取るだけでなく、種を蒔《ま》いて、薬草を増やしていけたらと思うのですが」

「おお、さっそく、そう来るか。たくましいね」

屛風のぞきが驚き、仁吉が値段の事より、他の地では少ない薬草があると、取引が続くと言っている。いや、一つ取引が決まって良かったと、安堵《あんど》の声が聞こえてくる。

しかし一太郎は、今回自分は、余り役に立たなかったと、残念そうにつぶやいていた。すると佐助が、さっそく心配してきた。

「ぼっちゃん、無茶は駄目ですよ。人買いと戦う五歳児などいません」

屛風のぞきが、ここで一太郎とおしろを倉の外へと引っ張っていき、ゆっくり見てから、眉根を寄せた。一太郎はそろそろ、五つより、年上に見えてきたかなと言う。

「勘助坊が、早々に奉公へ行くと決まってて、良かったかもな。ぼっちゃん、このままあの子と長く、一緒にはいられないよ」

下手をしたらその内、一太郎は勘助の年を、越してしまいそうなのだ。

「きゅんいー」

鳴家が鳴いて、一太郎はおしろの腕の中で、身を小さくしてしまう。

（そうだよね、私は今、並の理《ことわり》から外れてるんだ。それを忘れちゃ、いけないんだ）

それでも倉の内から、明るい声が聞こえてくると、今回、勘助とその村が、何とか落ち着いたのを見届けられて、良かったと思う。この先、根岸の辺りから店へ薬草が届いたら、懐《なつ》かしくなるだろう。

(だけど、もう二度と、勘助とは会うことはないかもしれないんだ)

いやその内、会っても勘助には、一太郎が分からなくなるだろう。近くにいても、もう一緒に薬草摘みは出来ない。

(これ、別れだよね)

ふと、思った。いつまでも変わらない妖達と、いつも一緒にいる一太郎は、身に染《し》みて別れを感じることが、余り無かった気がする。だが思いがけず、今、その時がきていた。

(もう一度だけ会って、勘助にさようならと、言っておくべきかな)

言いたい訳ではなく、そして不思議な程に寂しい。

何とか、根岸の里の騒ぎが収まったというのに、一太郎は気持ちを持て余してしまう。それで、袖内に居た鳴家を、思わずきゅっと抱きかかえた。

ひめわこ

1

廻船問屋《かいせんどんや》兼薬種問屋《やくしゅどんや》、長崎屋《ながさきや》の若だんな一太郎《いちたろう》は、生まれ育った通町《とおりちょう》では知らぬ者がいないほど、病弱であった。寝込んでいない日があると、共に暮らす妖《あやかし》達が、今日は医者を呼ばなくてもいいのかと、首を傾《かし》げる程であった。

ところが。あるとき一太郎は突然、思わぬ不運に巻き込まれた。天の星の代替わりに巻き込まれ、一時、赤子の姿になってしまったのだ。

だが星が静まると、急激に変わってしまった様々なものが、手妻《てづま》を遣ったかのように、元に戻っていった。

赤子になっていた一太郎も、それは早く育ち、何ヶ月か経《た》った今、十二歳ほどの見た目になっている。そして思いがけない事に、大層丈夫になってもいたのだ。

あと少しで元の姿に戻れる。よって、それまではしばしの休みだと、一太郎は兄《にい》や達に勧められ、ひたすら遊ぶことにした。寝付いてばかりで、そんな毎日は、過ごしたことがなかったからだ。

すると。お気楽に過ぎる筈《はず》だった時は、直《す》ぐに、遊ぶどころでは無くなった。そして毎日は、武術と心配に包まれていったのだ。

両国橋の、東西の橋詰めにある火除地《ひよけち》には、江戸随一と言われる盛り場がある。つまり両国は日の本でも飛び抜けて、賑《にぎ》やかで楽しい場所であった。

心躍る見世物小屋が、隅田川の西岸にも東岸にも所狭しと並んでいて、人や妖を引きつけている。芸人達は小屋内だけでなく、大道にも多くおり、わずかな投げ銭と引き換えに、人の技とも思えない芸を見せていた。

「きゅい、きゅわ、楽し」

数多《あまた》集まる客目当てに、寿司《すし》、天ぷら、団子、蕎麦《そば》などなど、それは多くの食い物屋も出ているから、長崎屋の面々も、この地を気に入っている。茶屋にはもちろん、綺麗《きれい》な茶屋娘がいて、その娘は、実は化けた狐《きつね》や狢《むじな》だったりした。

そして両国の盛り場の内、江戸城により近い西側に比べ、橋の東側は、怪しき出し物の多い地だった。見世物小屋が並び、芸人や妖がいるのは同じでも、東側には、禁止されている賭場《とば》や、猥雑《わいざつ》な見世物などが混じっているのだ。

だから、人の姿に化けられる妖の者達も、東には多く住んでいる。それで長崎屋の一行も、一太郎の住まいを決めるとき、両国橋の東側、回向院《えこういん》近くに一軒家を借りたのだ。

一太郎は今、人並み外れた速さで大きくなっているから、長く同じ地には居られなかった。

仁吉《にきち》と佐助《さすけ》は、黒板塀のある家への家移りが済むと、縁側のある部屋で一太郎に言ってきた。

「ぼっちゃんは、どんどん元の姿に戻ってきてます。だからこの両国での暮らしは、長くはないでしょう」

皆で過ごしていた離れでの毎日を、じき、取り戻せるのだ。妖達が力強く頷《うなず》いた。

「きゅい、長崎屋の離れで、鍋《なべ》、食べるの」

妖らは、両国の家もいいが、やはり長崎屋へ戻った方が落ち着くという。

「みんな、付き合わせて、ごめんね」

一太郎が両の眉尻《まゆじり》を下げると、兄や達は笑った。

「大丈夫、長生きな妖達にとっては、あっという間ですよ。ですから」

仁吉はここで一太郎の前に、ずしりと重い巾着袋《きんちゃくぶくろ》を置いてきた。中を覗《のぞ》くと、銭から小判まで、様々な金子《きんす》がどっさり、つまり大金が入っている。一太郎が首を傾げると、二人の兄やは優しく言ってきた。

「我らは遅くとも一年の内には、ぼっちゃんが、元に戻ると思っております」

そして苦労の日々が終わると、一太郎の毎日は、一旦《いったん》赤子に戻った前とは、変わることになるという。一太郎が、丈夫になったからだ。

「旦那《だんな》様やおかみさんが、ぼっちゃんが強くなったことを納得したら、毎日働くことになるでしょう」

一太郎は前にも一年、仮に、店を預かったことはある。だが。

「その時とは、違う働き方となります。今までのように、周りから、もり立てられるのではなく、旦那様の片腕として学び、働くことになるんですよ」

一太郎は先頭に立って、店の者を引っ張る立場になるのだ。

「いずれ長崎屋の主《あるじ》になるのですから、厳しいことも言われるでしょう。他の店の若だんな達と同じように、余所《よそ》へ修業に出るかもしれません。ええ、覚悟が必要ですね」

つまり今度長崎屋へ戻ったら、暇は無くなるに違いない。一太郎は唇を引き結んだ後、何度も頷いた。

「うん……そうだよね。そろそろ、そういう時期なんだ。私は早起きするよ。今日からでも、兄や達のように働く！」

新しく始まる日々への期待と、幾ばくかの不安を抱え、一太郎は目を煌《きら》めかせた。だが、そこまで急ぐことはないと佐助が言う。

「ぼっちゃんはまだ十二ほどの、子供にしか見えません。働くのは、元の姿に戻った後のことですよ」

つまり。

「この両国での毎日が、忙しくなる前の、休息の時になるわけです」

ちょうど、盛り場で暮らすことになった。

「ぼっちゃん、思いっきり遊んで下さい。今まで、ひたすら寝ていたことはあっても、遊び倒したことは、なかったでしょう？」

何しろ体が弱過ぎて、金があっても、暇があっても、どうにもならなかったのだ。

横で聞いていた金次《きんじ》が、にやりと笑った。

「ほほっ、いいねえ、ぼっちゃん、つまり目の前の金は、遊ぶための軍資金みたいだ。

こりゃ、豪遊出来るよ」

するとと兄や達は妖らへ、暫《しばら》く一太郎を預けても大丈夫かと問うた。随分長く長崎屋を留守にしているので、兄や達には長崎屋の用が、山ほど溜《た》まっている。ここいらで、一回店へ戻らねばならないのだ。

しかし一太郎は今、十二歳ほどの見た目だ。大枚を持たせ、一人にしておくのは怖い。

「拙《まず》いことに今、両国には、剣呑《けんのん》な盗人が現れてるって話だ。金子を盗み、人を斬《き》ったとか」

道場にまで押し入って暴れ、物を盗んだというから恐ろしい。だが妖達は、その噂《うわさ》話《ばなし》を笑い飛ばした。

「我ら妖が一緒に遊べば、ぼっちゃんは大丈夫さ。この盛り場には道にも小屋にも、妖の仲間が一杯いるし」

しかし、何でわざわざ盛り場で、刃物を振り回すのかと、貧乏神が首を傾げる。

「盛り場じゃ、食い物も見世物も、安いんだ。皆が懐《ふところ》に入れてる銭も、多くないだろ」

そんな金を盗っても、大した稼ぎにはならない。剣呑な道場破りは阿呆《あほう》だと、金次は言った。それよりもだ。

「兄やさん達、ぼっちゃんへ寄り添ってる時は、我らも金を使うよ。良いよね？」

「ああ、好きにしな。金次が言った通り、両国での払いは安い」

買い食いでも何でも、好きにしていいと言われ、妖達は大いに張り切った。

「きゅんい、鳴家《やなり》は焼いた団子、たっくさん食べる。鳴家が食べないと、団子、かわいそう」

一方、猫又《ねこまた》のおしろは尻尾《しっぽ》を出して振り、何としても、宮地《みやち》芝居を見に行きたいと言いだした。

「ぼっちゃん、今ね、そりゃあ素敵な役者さんが、剣豪の役をやってるんですよ」

斬られる側の役に、腕の立つ浪人を使っているとかで、迫力のある芝居になっているという。

「行きたいです。ねえ、行きましょう、ぼっちゃん」

屏風《びょうぶ》のぞきが、明るく笑い出した。

「おしろさん、そんなに言わなくったって、芝居小屋へ行く暇は十分あるさ。この両国で、暫く遊び放題なんだから」

鳴家の口に団子を詰め、寿司をつまみ、するめの天ぷらを食べながら、ついでに宮地芝居へ通えばいい。そう言われて、おしろは何度も頷いた。

「そうですよね、両国近くの宮地芝居を、全部回る事だって出来るんだわ」

凄《すご》い、こんな日が来るとは思わなかったと、妖達は声を弾ませている。

「ぼっちゃんは、何をしたいですか？」

そう言われて一太郎は……眉尻を下げた。

「あれ？　私がやりたい事って、何だろ」

いざ、好きにしていいと言われたら、一太郎は何をすべきか、とんと思い浮かばなかったのだ。両の眉尻が、下がってしまう。

「皆はやりたいことを、直ぐ言えるんだね。私は何で、こんな調子なんだろ」

とても情けない気がした。

「私ったら、止《や》めろって叱《しか》られるほど夢中になることが、ないんだ」

しょんぼりと言うと、ならばこれから見つければ良いだけだと、妖達が返してくる。

「両国に居る間に、色々やってみるこった。それも楽しいぞ、ぼっちゃん」

「わ、分かった。みんな、遊び倒すよ！」

「きょんわーっ」

若だんなが、盛り場を巡る決意を固めると、妖達は横で、食べたいものの名前を端から挙げていった。

2

兄や達が朝方、両国の家を離れると、一太郎と長崎屋の妖達は、まずは右手に天ぷらの串《くし》を持ち、左手に団子を三本握って、鳴家達に齧《かじ》られながら、盛り場を巡り始めた。

勿論《もちろん》今日は、一太郎も妖達に負けず、せっせと食べている。皆は天ぷらが消えると、まだ左手に団子が残っているのに、次の、寿司の屋台へ向かった。

一太郎はあなごを頼むと、一つが大きかったので、半分を小鬼達の口へ放り込む。

「色々買い食いするのって、楽しいね。そういえば、こんな風に食べ歩きをするのも、初めてかもしれない」

「ぼっちゃんはこれまで、一度に沢山《たくさん》、食べられなかったからねえ」

屏風のぞきが話している間に、おしろが寿司屋の主に全部の種類を頼んだ。順に出てくると、皆が好きな寿司から食べていく。

「きゅい、おしろ、かんぴょう巻き、美味《おい》しい」

鳴家達は巻きものを、両端から二匹で食べている。

「こんな楽しい日に、兄やさん二人がいないのは、残念です」

ただそれ故《ゆえ》、行儀が悪いと叱る者はおらず、一行はお気楽に、店から店へとふらついているのだ。

「ああ、お腹《なか》一杯。そろそろ宮地芝居を見に行きませんか」

おしろが願うと、皆は行き交う人達の間を縫って、芝居小屋へぞろぞろ向かう。その途中、噺家《はなしか》をしていて、芸には詳しい場久《ばきゅう》が、一太郎へ色々教えてきた。

「ぼっちゃん、おしろさんお気に入りの剣豪芝居は、堅苦しくない宮地芝居だ。で、木戸銭は良い席で、百文だそうです」

歌舞伎《かぶき》三座の芝居に比べると、それは安い。

「でも宮地芝居で、それくらいの木戸銭を取るって、立派な出し物なんですよ」

本当に小さな小屋で見せる簡単な小芝居だと、木戸銭は、種物の蕎麦を食うような値のことも、あるという。

「ありゃ、お手軽だね」

「そんな手軽な小芝居でも、結構面白いやつもあります。その内、見に行きましょう」

剣豪芝居は、三座の歌舞伎とは違い、花道もないものだった。だが、おしろが是非見たいと言っただけあって、役者の見目が良く、大いに受けている。長崎屋の一行は、ひとかたまりになって席を占め、饅頭《まんじゅう》を食べつつ芝居を楽しんだ。

「うん、役者も話の出来も、良いですねえ」

「でしょう？　場久さん、光久《みつひさ》さんは二枚目だから、今回のお話にぴったりです」

「おしろさん、この芝居は斬り合いの場が、まるで本物の果たし合いのようだ」

金次が感心している横で、一太郎は剣を振るう場面を、ただ食い入るように見つめていた。

「格好良い」

一度でいいから、あんな風に剣を使ってみたい。一太郎は、斬られ役の足さばきを見て、強そうとつぶやいた。途端、おなごと男は目のいく所が違うと、屏風のぞきが笑い出す。

するとと場久が、一太郎へ言ってきた。

「ぼっちゃん、剣豪芝居はじきに終わります。この後の幕では、男と女の話、濡《ぬ》れ事をやるそうです」

つまり今舞台に立っている剣士達は、暇になるに違いない。ならば。

「小屋主と役者に幾らか銭を払えば、芝居で使う竹光を、持たせてくれるんじゃないかな。ぼっちゃん、小屋の裏で、大きな刀を一度、振ってみちゃどうです？」

ここは盛り場なのだ。客が楽しむ程度の事であれば、おそらく何事も、金次第であった。

「いいの？　やってみたい！」

金次が頷き、金の入った巾着を取り出す。

「じゃ、あたしと場久に、任せて貰《もら》おうかね。場久さん、芝居小屋の主と、話を付けておくれ。払いの方は、この貧乏神が上手《うま》くやるから」

「はいはい」

芝居にはまた来れば良いと言われ、おしろも機嫌良く席を離れる。まず木戸番へ声を掛け、場久と貧乏神が芝居小屋の奥へと消えた。すると、直ぐに長崎屋の面々は小屋裏へ呼ばれ、件《くだん》の斬られ役と会うことになった。

おまけにそこに、見目の良い剣豪役、光久も現れたものだから、おしろが幸せそうな顔つきになる。場久が、まだ十二ほどにしか見えない一太郎を引き合わせると、背の高い斬られ役は、浪人の五郎右衛門《ごろうえもん》だと名乗り、笑ってくる。

「刀を持ちたいと言ったのは、ぼっちゃんか。ふふ、やっとうを振り回してみたい年頃だねえ、きっと」

芝居の出番も終わったし、余禄《よろく》が貰える仕事は嬉《うれ》しいと、正直に言ってくる。

「金を貯《た》めて、いつか小商いでも、やりたいと願ってるんだ」

しかしと、五郎右衛門は言葉を続けた。

「ぼっちゃん、おれが芝居で使ってる刀は、斬れないよう刃引きにしちゃいるが、竹光じゃないんだよ。つまり、本物の刀と同じくらい重いんだ」

持ってみたとき、その方がずしりと持ち応《ごた》えがあって、一時は嬉しいかもしれない。だが一太郎が振り回すには、重すぎるという。

「小屋には竹光もある。すぐに格好良く構えられるから、そっちにしな。何ならおれが、見事に斬られてやってもいいぞ」

すると顔の良い光久が、是非やって貰えと言ってきた。

「五郎右衛門さんは、最近までちゃんと仕官していたお人で、本当に凄腕なんだ。なかなか、斬られてはもらえないぞ」

それに五郎右衛門は大男だから、それを斬り倒すと、まるで己が本物の剣豪になったかのような、喜びが湧《わ》き上がるという。光久は剣豪役だから、自分も毎日楽しんでいると言い、笑った。

「ぼっちゃん、運を引き当てたな。良い思い出が出来る」

一太郎は光久へ頷き、次に五郎右衛門へ、お手数をお掛けしますと言ってから、律《り》儀《ぎ》に頭を下げた。それを見て、小屋裏へ出ていた役者の面々が、一斉に沸き立つ。

「おおっ、五郎右衛門さん、子供から丁寧な挨拶《あいさつ》を受けちまったぞ。ぼっちゃん、良いとこの子だね」

「きゅいきゅい、お饅頭」

「おおい、誰か竹光を小屋から持って来いよ」

ちゃんと小屋主にも金が渡っていたからか、あっさり貸して貰えた竹光を、一太郎が構える。すると五郎右衛門は、刀の握り方や、足の動かし方、竹光の構え方など、簡単に教えた後、まずは自分を斬ってみろと、小屋裏で明るく言った。

「長年探してた敵を見つけたって感じで、斬りかかっておいで」

一太郎は野次馬達に見つめられ、一寸《ちょっと》体を硬くする。皆、通りかかった者達だろうに、何故《なぜ》だか食い入るような目で、こちらを見ている男まで、近くにいたからだ。

(袴《はかま》姿だし……お武家だよね。五郎右衛門さんと同じく、ご浪人かしら)

だが見物ばかりを、気にしている時ではない。一太郎は腹を決め、小屋裏に集った者達の前で、竹光を振りかぶる。そして五郎右衛門の方へ突っ込み、思い切り刀を振り下ろしてみた。

途端！　ぐわっと、短い声を上げた五郎右衛門が、大きく身を反らし、天を摑《つか》むように片手を突き出した。それから身をねじるようにして、ゆっくりと倒れ込んでいく。大の字に伸びた五郎右衛門を見て、一太郎は竹光を両手で握りしめた。

「あ、まるで本当に……斬ったみたいだ」

足の先から頭の天辺《てっぺん》へ、震えが走って抜ける。次にぞくりとし、嬉しさが湧き上がってきた。

「本物の、剣豪になったみたいだ。凄いっ、嬉しいっ」

「ぼっちゃん、格好良かったよ」

妖達が駆け寄って褒め、一太郎が顔を赤くして頷くと、周りの見物人から、わははと明るい声が上がる。そこで、今まで死んだように転がっていた五郎右衛門が、ひょいと起き上がると、上手く斬られただろうと、楽しげに言ってくる。皆が、五郎右衛門の斬られ技を褒めた。

すると、その時だ。先ほどから一太郎達を見ていた袴姿が、楽しめなかったのか、口をへの字にしたのが分かった。男は、何故だか五郎右衛門を睨《にら》んだ後、芝居小屋裏から去っていった。

3

一太郎は、剣術に夢中になった。その日から宮地芝居の小屋へ、通い詰めたのだ。五郎右衛門へ礼金を出し、暫くの間、剣術のいろはを教えてもらうことになった。稽古《けいこ》が始まると、妖達だけでなく、出番のない役者達も、お楽しみが出来たと、小屋裏へ集まるようになった。

一太郎は最初妖達に、他へ食べに行ったり、遊びに行っておくれと言ったのだ。小屋裏で座っているだけでは、どう考えても暇な気がする。

だが、お供として付いてきたのに、一太郎から離れる訳にはいかないと、皆はいう。きっと兄や達が後で、黒目を針のように細くするからだ。

「あ、それはそうかも」

それでも妖達は、二、三日は交代で食べ物を買い楽しんでいたが、小鬼達が直ぐに全部食べてしまい、喧嘩《けんか》になる。考え込んだ一太郎は、金次が預かっていた金子で、事を解決した。

「食べ物をそっくり買って、屋台店を何軒か、小屋裏に引っ張ってくるといいよ。そうすれば、好きなものを食べながら、この芝居小屋裏に居られるもの」

鳴家達がいるから、屋台の食べ物はその内、食べ尽くすに違いない。一太郎がそう言うと、金次が頷いた。

「いいねえ、妙案だ」

「きゅげーっ、金次、団子屋呼んでっ」

すると、今日も小屋裏にいた光久らが、美味《うま》い屋台はここだと、お勧めを伝えてきた。

「おんや、きっと役者さん達は、我らにおごって貰う気だよね」

屏風のぞきが笑い、金を用意した途端、団子に寿司、田楽、焼き鳥と酒を出す屋台に、汁粉の店までが、あちらから押しかけてくる。そして金次に、前払いの金を吹っかけてきたのだ。

しかし貧乏神が、唯々《いい》諾々《だくだく》と金を払う訳も無く、支払いを巡る戦いが、芝居小屋の裏手で始まっていく。

一方五郎右衛門は、さっさと稽古を始め、竹光を握った一太郎と向き合った。五郎右衛門は、相手が町人の子でも遠慮せず、真面目《まじめ》に教える、良き師匠であった。

一太郎はきちんと竹光を構え、真面目に剣を振り下ろしていく。途中、妖達と役者の皆が、一杯飲みながら話しているのが耳に入った。

笑うような場久の声が、よく聞こえる。

「あの御浪人さん、道場主に向いてるんじゃないですか？　人をその気にさせて、上達させるのが得意そうだ」

金次が、手に持った団子を、鳴家達に齧られつつ笑った。

「なら浪人になって、良かったんじゃないか？　仕官先を失って早々に、盛り場の小屋へ流れ着いてきたんだ。今まで、大した禄など貰ってなかったんだろ」

道場主になれば、五郎右衛門はもっと稼ぐことが出来そうだと、貧乏神が言う。妖達がわっと、明るい声を上げた。

「おおっ、金次が、稼げると言ったぞ。ならば、五郎右衛門さんの明日は明るいな」

ところが小屋裏で床几《しょうぎ》に座り、巻き寿司を食べていた光久が、首を横に振る。

「簡単に言いなさんなよ。道場を持つ為《ため》には、大金が要るんだ。何しろ弟子達が竹刀《しない》を振るう、広い板間のある家が必要なんだから」

今までにも、両国の盛り場へ流れ着いた浪人はおり、腕自慢だったので、道場を開きたいと願っていた。だが。

「実際、道場主になったご浪人と、おれは会ったことがない。つまり、この盛り場で働いて、道場を買える程貯めるのは、無理ってこった」

五郎右衛門は、そんな立場を承知しているから、小商いをめざしているのだと、光久は言う。すると、金は巾着の中に湧くと思っている妖達が、眉間《みけん》に皺《しわ》を寄せた。

「きゅべ、何か変」

「人の世は、色々奇妙ですよね」

「まあ、妖ほどまともでないことは、確かだな。皆、直ぐ死んじまうし」

屛風のぞきと場久がうなずき合い、金次はからからと笑っている。一太郎はその間も、正しい姿勢で、素振りを続けていた。

そして……その内首を傾げると、一太郎は竹光で、師である五郎右衛門の頭を、ぽかりと打ったのだ。

「えっ？」

「きょんげ？」

もっとも、十二にしか見えない一太郎より、五郎右衛門の方がぐっと大きかった。だから、竹光を打ち下ろすとはいかず、見上げつつ額を、軽く打った形だ。

それでも思わぬ子供の一撃に、屋台のものを楽しんでいた見物達は、歓声を上げる。

「五郎右衛門さん、子供に打たれるなんて、どうした？　よそ見してたんだろ」

「あ、こりゃ済まん。気を散らした」
五郎右衛門は、慌《あわ》てて一太郎へ謝ったものの、稽古には戻らず、見物に混じってい
た若い武家へ声を掛ける。
「総三郎《そうさぶろう》様、またおいでになったんですか」
名を呼ばれた侍は、遠慮もなく五郎右衛門へ近寄り、話があると言ってくる。する
と五郎右衛門が直ぐ、刀を鞘《さや》に収めたので、今日の稽古はここまでだと分かり、一太
郎は師へ頭を下げた。
途端、妖達から不満の声が上がる。
「えーっ、五郎右衛門さん、おれ達まだ、屋台のものを半分も食べてないよ」
「ぎゅいぎゅいぎゅいっ」
だが総三郎は、さっさと小屋の内へ入ってしまい、五郎右衛門が続く。屋台の主達
は、余所で売ってくれと言われて、小屋裏を離れた。長崎屋の妖達は一太郎を座らせ
て、買っておいた熱い汁粉を渡した。そして武家二人が消えた、宮地芝居の小屋へ目
を向ける。
「五郎右衛門師匠、大事な稽古代を受け取ることも忘れてるぞ。あのお武家と、何の
話があるのかね」

「そもそも、あの総三郎様っておしく武家、何者なんだ？」

するど、返事は思わぬ方からやってきた。二枚目役者の光久が、渋い顔で裏庭に残っていたのだ。

「あの総三郎様ってぇのは、旗本の息子で五郎右衛門さんの元の主の弟だ。三男だったかな。前にもここへ来てる」

五郎右衛門は旗本の長男に、用人見習いとして仕えていたのだ。だが、その跡取りが病で亡《な》くなった時、屋敷から出されたらしい。

「仕官のことは、役者のおれにはよく分からない。しかし、亡くなった長男の父親が、五郎右衛門さんを放り出したのは確かだ」

「だから旗本の三男が、大きな顔をして小屋へ来ると、妙に腹が立つと光久は言う。

「浪人になったら、長屋の家賃も己で払わなきゃならねえ。元の主の弟だからって、稼ぐのを邪魔しに来るなよって思う」

しかも、鬱陶《うっとう》しい話でも持ってきてるのか、三男が来ると、五郎右衛門は考え込むと言う。屏風のぞきが口を歪《ゆが》めた。

「あのお武家、良からぬ事に、五郎右衛門さんを誘っているのかもしれないな」

「きゅい、悪い奴《やつ》」

「どんな用なのか、知りたいぞ」

妖達は小屋内へ、様子を見に行こうとする。

「これ、勝手をしちゃ駄目だよ」

一太郎が慌てて止めていたところ、早々に総三郎が出てきて、帰って行く。続いて現れた五郎右衛門が、溜息《ためいき》を漏らしていたので、一太郎の眉尻が下がった。

「師匠、あのお武家に、困ることを言われたんですか？　我らに、何か手伝いが出来ますか？」

すると、五郎右衛門は大丈夫だと言って、裏庭の床几に座ると、事情を告げてきた。

「あの総三郎様は旗本のお子だが、三男で、継ぐ家はない。そんな時、娘しかいない遠縁の道場主が、婿《むこ》養子を求めていると知ったんだ」

道場主は、総三郎が腕自慢だと知り、婿がねが見つかったと言っているらしい。

「おや、運の良いことですね」

「だがね、おしろさん、その縁談には、実は困った話がくっついてたんだ」

遠縁の道場主は、最近、道場破りに遭っていたのだ。よって道場を継ぐ娘婿には、腕の立つ者を求めていた。

「確かに弱い男じゃ、次の道場主には向きませんものね。でも総三郎様は、腕自慢なんですよね？」

鈴彦姫《すずひこひめ》が言うと、五郎右衛門はここで、溜息を漏らした。

「いや……、総三郎様は、どう考えても強くない」

「えっ？」

「総三郎様は、婿養子先を探すのに、苦労してた。それで親御は、あれこれ得意だと話を膨らませて、売り込んでたのさ」

気がつけば総三郎はいつの間にか、天下無双の腕前を名乗っていたのだ。おまけに親戚《しんせき》にはもう一人自称剣豪がいて、そちらも婿入りを望み、道場主へ売り込んでいるという。

婿入りは、二人の一騎打ちになると知り、一太郎が困った顔になった。

「あのぉ、もしかしたら、ですが。総三郎様は、もう一人の婿がねとの勝負、五郎右衛門さんに代わりにやってくれとでも、言ったんでしょうか」

「ありそうな話だねえ」

金次が笑ったが、五郎右衛門は首を振る。

「確かに総三郎様はおれに、代役を頼んで来た」

もし婿になれたら、道場で、五郎右衛門を師範代にするとも言った。だが。

「その勝負ってぇのは、もう一人の婿がねと、戦うことじゃないんだ」

道場主は道場破りに、大事な脇差《わきざ》しを奪われたことを、今も気にしていた。取り戻したいが、道場破りの名前すら摑んでいない。

「つまり道場主は、その道場破りを見つけ出し、脇差しを取り戻した方を、跡取りにすると言ったのさ」

一太郎がぽんと手を打った。

「あ、脇差しを取り戻すだけなら、人へ頼むことが出来ますね。それで総三郎様は、腕の立つ五郎右衛門師匠へ、丸ごと難儀を押っつけたんだ」

「ぼっちゃん、当たりだ」

すると、その話を聞き、怒った男がいた。光久が、ろくなことにならない話だと、はっきり言ってくる。

「総三郎様は、苦労は五郎右衛門さんにやらせといて、自分は道場主になる気だろ？信用できない男だ」

ならば苦労の礼として、五郎右衛門を師範代にすると言う話も怪しくなる。弟子が増え、道場が落ち着いたら、謝礼が必要な師範代など、きっと追い出される。光久はそう言うのだ。

「この両国で働いている者は、明日に不安を持ってる奴が多い。おれだって、今は二枚目と言われてても、何年もしないうちに、若手に取って代わられるだろうよ」

だから皆、必死に働いているのだ。

一方武家には、毎年入る禄がある。食うに困ることはないから、馬鹿《ばか》を言えるのだ。怒る光久に、五郎右衛門は語った。

「総三郎様は、話が気に入らないなら、断ればいいと言ったんだ」

だが師範代になれる機会は、二度と来ないとも口にしたらしい。五郎右衛門は返事が出来ず、総三郎は帰って行った。

「返事、しなかったの？」

妖らは首を傾げ、一太郎は眉をひそめる。五郎右衛門は、返答は出来なかったと、訳を教えてきた。

「脇差しを取られた時、道場破りと対峙《たいじ》したのは、道場主だったそうだ。敗れて、あっさり取られてる」

今は師範代もいない、小さい道場なのだ。裕福でも、高名でもなかろう。そこで師範代になっても、じきに謝礼がもったいないと、追い出される気もする。

五郎右衛門は、だがと言って口元を歪めた。

「それでも、だ。おれは師範代になりたいと、一寸思ったんだ。また追い出されるのは嫌なのに、話を受けようか迷った」

手が届かないと思った夢、師範代という立場が、目の前へ差し出されたのだ。受ければ道の先に、谷底が待っていると分かっていても、足を踏み出したくなったという。

五郎右衛門は、首を何度も振った。

「分かってる、受けちゃいけない話だ。上手く使われた後、切られるまで一年ないかもな」

だから馬鹿はしない。ちゃんと諦《あきら》める。脇差しを取り戻しには行かないと、五郎右衛門は何度も繰り返した。そして光久や一太郎らへ頭を下げ、心配掛けたと謝ってから、小屋裏を後にしたのだ。

その後ろ姿を、妖達が見つめている。

「きゅい、なんで迷うの？」

「妖とは違い、人生は短いからかね。一度きりだし。だから迷うのかね」

屏風のぞきに言われ、一太郎は眉尻を下げた。師匠の決断は真っ当だ。だがこの後、多分生涯、師範代にはなれない。

（ならば先々、暮らすに困ると分かってても、夢を掴んだ方が、後悔しないのか）

答えは見つからない。五郎右衛門はそのまま、裏庭へは戻ってこなかった。

4

いつものように宮地芝居の小屋裏へ通い、三日の後、長崎屋の面々は戸惑うことになった。その日小屋裏には、見物達に囲まれて、呆然《ぼうぜん》としている五郎右衛門と、顔色を蒼《あお》くした光久、それに見たことはないが、岡《おか》っ引《ぴ》きとおぼしき壮年の男がいたからだ。

岡っ引きは一太郎らを見ると、破顔して、明るい声を掛けてきた。

「おお、お前さんが一太郎さん、五郎右衛門さんのお弟子かい。勇敢な師匠と、世のため働く気になったとは、立派なこった」

「へっ？　私は何かするんですか？」

一太郎が師へ問うと、五郎右衛門は溜息を漏らし、肩を落とした。そして稽古に使う竹刀を、つっかえ棒のようにして立ち、思わぬ事を言ってきたのだ。

「ぼっちゃん、先に小屋へ来た総三郎様が、脇差しを取り戻す件を、私に押しつけてきたって話したよな？　私は話をした後、旗本屋敷へ断りに行った。だが総三郎様は、諦めていなかったんだ」

いや総三郎は、五郎右衛門が断ることを、見越していたらしい。それでも、事の始末は五郎右衛門がするしかなくなるように、早々に仕組んでいたようなのだ。

「おや総三郎様は、何をやらかしたんだい？」

屏風のぞきが首を傾げると、岡っ引きが長崎屋の皆へ、よみうりを一枚見せてきた。

「今朝方、手に入れた」

妖達はそれをのぞき込んだ後、うわぁと大きな声を上げた。

「何だ、こりゃ。五郎右衛門さんのことが、書いてあるぞ」

よみうりには、ある道場主が道場破りに、脇差しを奪われたと書いてあった。そして、その道場破りは、今、世間を騒がせている人斬りの盗人だとも、記してあったのだ。

一太郎と妖達は、顔を強《こわ》ばらせる。

「道場破り、人斬りや盗みもやってたの？」

「そういえば前に兄やさんが、盛り場に、剣呑な盗人が現れたと話してたな。その頃、道場破りも現れてる」

一太郎と金次が目を向けると、岡っ引きが頷いている。

「聞いた所によると、盗人と道場破りの見た目は、大層似てるそうだ」

刃物を振るう盗人とは、厄介で恐ろしい奴が現れたと、よみうりは書き立てた。しかしだ、心配は要らないという。

「襲われた道場主の遠縁と、その助太刀をする五郎右衛門が、道場破りを捕らえる為、共に立ち上がった。よみうりの文は、そう続いてたんだ」

それで岡っ引きが、どういう男が立ち上がったのかと、五郎右衛門に会いに来たのだ。だが、一太郎は首を傾げる。

「五郎右衛門師匠、道場破りを捕まえる話、断ったって言ってましたよね？」

「ああ、ちゃんと断った」

しかしと、岡っ引きは言いつのる。

「よみうりによると、話を受けた事になってるぞ。間違いない。おれは、よみうり売り自身から聞いたんだ」

「何であの総三郎様だけ、名が出てないんだ？」

横から光久が問うと、金次が直ぐに答える。

「そりゃ、道場破りに自分が狙《ねら》われたら、困るからだろ。つまり、よみうりに話を売り込んだのは、総三郎様だ。だから己の名を出さないよう、頼むことが出来たんだな、きっと」

「きゅい？」

ここで金次と場久が、起きた事を順に並べていった。
一、総三郎は、道場破りから脇差しを取り戻す役を、五郎右衛門に押っつけようと決めた。道場主になるためだ。
二、断られたが、諦めなかった。総三郎は五郎右衛門が、脇差しを取り戻すと言ったかのように、よみうりに書いてもらったのだ。多分、金を払った。
三、下手をしたら、反対に道場破りから、五郎右衛門が狙われる。五郎右衛門は、返り討ちにするしかない。
四、強い五郎右衛門が、人斬りの道場破りをやっつけたとする。相棒がいると、よみうりに書いて貰っておいたから、当然、総三郎の手柄にもなる。
五、総三郎、道場へ婿に行く。話を断った五郎右衛門は、師範代にはしない。万々歳。
「こういう話にしたいのかね、総三郎様は」

妖達が、頷く。だが、一太郎が眉を顰《ひそ》めた。

「あのぉ、じゃあ何で親分さんが、この一太郎も関わってるみたいに言ったの？」

すると。一寸辺りが静まった後、光久が、にまぁと笑ったのだ。

「よみうりには、五郎右衛門さんの名前だけしか書いてなかった。けれど、相棒がいることは出てた」

ならば、その相手は誰なのか、よみうりを読んだ皆は、考えたに違いない。ここでおしろが、話を継いでいく。

「五郎右衛門さんは、役者です。斬られ役だけど、人気の芝居に出てます」

両国では名も顔も、知っている者は多かった筈だ。そして総三郎の名を知る者など、まずいない。次は鈴彦姫が語る。

「しかもここ暫く、五郎右衛門さんは一太郎ぼっちゃんへ、やっとうを教えてます。そのことを、大勢が知ってました」

何しろ稽古の間、小屋裏には屋台が沢山集まっていて、見物客達は、ちゃっかりご馳走《ちそう》になることが出来たからだ。貧乏神は食べ物を屋台店ごと買い、細かい払いは気にしなかった。大勢が集まって、食べながら一太郎を応援していたのだ。

「両国の人達にとって、五郎右衛門さんの相棒は、明らかにぼっちゃんです」

すると岡っ引きが、深く頷いた。

「うん、おれはてっきり、五郎右衛門さんと、相棒の一太郎ぼっちゃんが、世のため人のために、立ち上がったと思ったんだ」

この小屋裏で、二人で毎日稽古をしていたのは、道場破りを捕まえる気だったのかと、得心したのだ。

「同心の旦那にも話をしてみたが、きっと違いないって言ってたぜ」

それで岡っ引きは、小屋裏へ来た訳だ。小屋裏に集っていた面々は、一寸顔を見合わせた後、どっと笑い声を上げた。

「わはは、総三郎様、間抜けをしたな。自分を売り込む気で、別人を相棒にしちまった」

これでは、五郎右衛門が道場破りを捕らえても、手柄は総三郎へは行かない。

「ふふふ、いい気味だ」

だが。ひとしきり笑った後、妖達は段々、顔を引きつらせていく。

「つまり、ぼっちゃんは師匠と一緒に、道場破りの敵になってるってことか？　今、皆がそう思ってるんだよな？」

ということは。恐ろしき道場破りは、五郎右衛門と共に、一太郎をも狙ってくるのではないか。そう思い至った途端、長崎屋の妖達は慌てた。もの凄く慌てた。

「えっ？　なんだいそれ。そんなことを思われたら、大変だよ。冗談じゃないぞ」

怒る。きっと仁吉や佐助は、そのことを知ったら怒る。山ほど小遣いを貰ったのに、妖達は守をしていなかったと、二人は思う筈だ。

たとえ一太郎を連れ、安心できる場所へ逃げたとしても、やっぱり怒る。両国で楽しく遊べなくなったことは、大問題であった。

「ぎょべー……」

不吉な明日を思い描いたのか、妖達が唸《うな》る。一方、困った顔の一太郎を見て、五郎右衛門も、拙いことになったと頭を掻《か》いた。

「こりゃ、早く剣呑な道場破りを、捕らえねばならんかな。そうでないと、ぼっちゃんが狙われかねん」

五郎右衛門が、岡っ引きへ顔を向ける。

「親分、捕らえたら手柄は譲るよ。人斬り道場破りのこと、知る限り聞かせてくれないか」

岡っ引きは頷き、盗人の道場破りは、四十くらいの男だと言ってくる。

「並の背丈で、ごつい体だ。道場破りをした腕前で、袴をはいてたらしい。でも襲われた者達に、浪人かって聞いたら、分からないって返答が多かった。なんでかね」

「袴姿で、道場を破った。なのに、武家だと言い切る人が少なかったとは、不思議だな」

そこへ岡っ引きが、余分な一言を付け足す。

「そういや、顔も厳《いか》つかったとか。姫若子《ひめわこ》なんて言われそうなぼっちゃんとは、反対の男だな」

「私は姫若子じゃ、ありません」

一太郎が頰を膨らませると、岡っ引きは笑いつつ、何かあったら知らせてくれと言い、早々に帰って行った。見物達も、怖い話が出たからか、一緒に小屋裏から離れて行く。残った一太郎らは、この後どう動くか、五郎右衛門と話し合うことになった。

「やれやれ、いつの間にか長崎屋が、事にしっかり絡《から》んじまったな」

「場久、兄や達に、早く知らせを入れておかないと。後で呆《あき》れられるよ」

袖内《そでうち》にいた鳴家三匹に文を持たせ、近くの船着き場から舟に乗り込むように言って、まずは送り出す。

それから、五郎右衛門達と話しあったものの、道場破りをどうやったら捕らえられるか、良き考えは出てこない。しかもそうしている内に、一太郎は今日も何かが気になって、落ち着かなくなってきた。

(はて、私は何を気にしてるんだろう)

小屋裏から、周りを見回してみる。すると、また近くに、見物が現れており、そちらを向いた一太郎は、目を見張る。その見物人は、特徴のある格好をしていたのだ。

「袴姿がいる」

思わず声を上げた、そのときだ。

「ひえええっ」

屏風のぞきと場久が、悲鳴を上げつつ、一太郎へ飛びついていた。三人は塊となって、宮地芝居の小屋の方へ転がっていく。

跳び逃げた時、一太郎の頭の上を、ぶんと風切る音を立て、何かがかすめて過ぎた。毛が逆立つような恐ろしさに声を出せないまま、一太郎と妖達は、地面で身を打った。おしろ達が鳴家を摑み、袴姿へ放ったのが、転がった地面の上から見える。男が杖《つえ》を、得物のように構えているのを見て、道で騒ぎを目にした者が一斉に逃げだした。

5

「気を付けろ。その男、杖術《じょうじゅつ》を使うぞ」

五郎右衛門が叫ぶと、見えない鳴家に嚙《か》みつかれ、杖を止めた男が、一寸にたりと笑う。一太郎は、顔を引きつらせた。

(今のが、杖術なのか)

　杖は老人の支えになるし、荷を引っかけ、肩に担《かつ》ぐ時にも使う。普段持っていてもおかしくないものだから、見かけで武器と思う事はまずなかった。

だが実は、流派が立つほど剣呑な武器なのだと、前に佐助から聞いたことがあった。

(でも使うところを見たのは、初めてだ)

　いきなり襲ってきた杖術使いは、誰なのか。この場の皆が、知っている気がした。

「道場主から脇差しを奪った、道場破りだ」

　岡っ引きが言っていた通り、四十くらいの男で、並の背丈で、ごつい体であった。道場破りはあの杖のみを手に、道場へ入ったに違いない。

　道場主は、刀を持たない相手を、まさか道場破りだとは思わなかったのだ。その間に、いきなり杖で打ちかかられ、後れを取ってしまったのだろう。

　一太郎の言葉を聞いた妖達が、ざわめく。

「えっ、金次さん、目の前の袴姿の男が、道場破りで、人斬り盗人なんですか」

「つまり五郎右衛門さんが、これから捕まえなきゃならない相手だ」

　おしろへそう言った時、道場破りと一太郎の間にいた五郎右衛門が、飛ぶように動いた。腰の物を抜くと、舞台では見たことも無いほど強烈な一撃を、男へ繰り出したのだ。

「わっ」

堅く、短く、思わぬ高さの音が響く。刃引きの刀の一撃は、堅い杖で受け止められ、二人は直ぐ分かれ、睨み合った。

小屋裏一帯が静まる。その真ん中で道場破りが、嫌な笑いを浮かべていた。

「ちっ、やっぱりこっちの浪人は、かなり強いときてる」

目にした時、相手をするのは大変そうだと考えたらしい。それで相棒らしい一太郎を、先に殺すことにしたと、道場破りは臆《おく》せず言ってくる。

「己のせいだと、この浪人が狼狽《うろた》えれば、こっちのもんだ。そう思っていたのになぁ、浪人さんよぉ、上手くいかなかったよ」

すると五郎右衛門ではなく、金次が男を睨み付け、先に口を開いた。

「おめえ、うちのぼっちゃんは、五郎右衛門さんの相棒じゃない。よみうりに書かれてた、お前さんを捕まえようとしてる相手は、総三郎という名のお武家だ」

盗人が脇差しを奪った道場の、跡取りになる男だと、金次は勝手に口にした。

「おめえは、人違いをしたんだよ。ぼっちゃんは、いい迷惑だ」

貧乏神の言葉と共に、辺りに冷え冷えとした風が吹いてくる。だが道場破りは、困った顔も見せなかった。

「そうかい。でもその総三郎とやらは、大して強くもあるまい。よみうりに書いてあった。武家なのに、助っ人を頼む奴だからな」

ならば、自分が片付けねばならない相手は、強い五郎右衛門に間違いないと、道場破りが言ってくる。

「おれは、相手の強さを間違えたことは、ないんだ」

道場破りは偉そうにそう言い、また一太郎の方へ目を向けると、にやにや笑う。

だが、その時。男は何故だかいきなり、顔を引きつらせたのだ。そして何と踵《きびす》を返し、脱兎《だっと》のごとく芝居小屋裏から逃げだした。

「は？」

今の今まで、五郎右衛門と対峙し、また一太郎を狙いかねない構えであったから、皆、魂消《たまげ》たまま、後を追えなかった。

すると……長崎屋の妖達は、目を見合わせ、顔を強ばらせてくる。じきに、そろりと一太郎の方へ目を向け、道場破りが逃げた訳を承知したのだ。

「仁吉さん、佐助さん、来てたんですか。さっき鳴家をやったばかりなのに」

「きゅ、きゅわ……」

兄や二人は、一太郎が両国で、五郎右衛門から、剣術を習っていることは承知していた。よって五郎右衛門の名が書かれた、妙なよみうりが出たと知り、急ぎ両国へ来たのだ。

「ぼっちゃんは、盛り場を楽しんでいるとばかり、思っていたんだが。何で芝居小屋裏で、倒れているんだ？」

佐助が問うた相手は、もちろん長崎屋の妖達だ。昼間の両国で外にいるというのに、佐助が黒目を細くしたから、一太郎は溜息を漏らす。

（うわぁ、怒ってる）

一太郎が、慌てて立ち上がった。すると。

五郎右衛門が妖達の傍らから、一太郎と兄や達へ、深く頭を下げてきた。

小屋裏で、まずは五郎右衛門が、自分がやっとうを教えた為に、一太郎に迷惑を掛けたと謝った。そして小屋裏で何が起きたのか、襲ってきた杖術使いが何者なのかを、きちんと兄やへ語ったのだ。

当人が馬鹿をした訳ではないから、兄や達は、五郎右衛門に怒りを向けず、礼まで言った。よって一応、事は収まった形になって、皆、小屋裏から帰ったのだ。

しかし、一太郎が襲われてしまったからには、勿論兄や達は、妖からも話を聞いた。東両国にある黒板塀の家へ戻ると、兄や二人は、一太郎を真ん中に挟んで座り、厳しい顔を妖達へ向けたのだ。

「妖達には、飲んで食べて、ただ遊んでりゃいいだけの、子守を頼んだのに。何でそんな事すら出来ないんだい？」

これでは兄や二人は一時も、一太郎から離れられないではないか。

「いずれぼっちゃんが、長崎屋の主となった暁には、我らは今より長い間、店を支えていかねばならない。奉公人になった屛風のぞきと金次まで、頼りにならないのでは困る！」

「……済みません」

屛風のぞきはへこみ、金次は怒りを抱えたのか、部屋内が寒くなる。

「こうなったら、あの道場破りを放っておく事は出来ないだろ。結構腕が立つみたいだったし、また襲われたら剣呑だ」

兄や達の低い声を聞き、鈴彦姫も頷いている。すると一太郎が、言葉を挟んだ。

「あのね、道場破りが袴をはき、腕も立つのに、武家だと言われてなかった訳が、分かった気がするんだ」

「えっ？　ぼっちゃん、一度会っただけなのに、分かったのかい？」

妖達が魂消ていると、一太郎は、男が腰に、脇差しを一本しか差していなかったと言った。おまけにその刀すら使わず、杖術を使っていた。

「刀を、武士の魂と思っている者の、やることじゃないと思う。あの男、実は武家では、ないんじゃないかな」

ただ、武家のような格好はしている。そういう立場の者に、違いないと言ってみたのだ。

「はて、そんなお人、いましたっけ？」

妖達は揃《そろ》って、呆然としていた。

6

するとと万物を知る仁吉が、なるほどと言い、隣で頷く。

「ならばあの道場破り、武家に仕えている若党でしょう」

似たなりをしているが、本物の士分ではない。しかし武家奉公人である中間《ちゅうげん》などのように、はっきり武家と違う格好は、してはいない。分かりにくい立場の者なのだ。

「そんな立場の者が、たまたま道場破りができる程、強かった。おそらく主達より、力は上だったんでしょう。それで万事に納得出来ず、道を踏み外したのでしょうか」

仁吉の話を聞くと、金次が怖い言葉を向けてきた。

「道場破りは、ちゃんとした武士じゃなかったわけだ。浪人でもなかった。中間達、ただの奉公人とも違う。町人じゃないから、町で稼ぐ当てはない。もっと言えば、あいつは、ものもらいの頭《かしら》に認められてないから、その仲間にも入れない。妖ですらない」

何者でもない。だから苦しくて仕方がないのだろうと、貧乏神は言ったのだ。

「それで杖術を用い、暴れるのか。己の強さに縋《すが》ってるのかもな」

証《あかし》などない話だが、そんなところだろうと金次は語り、一太郎が頷く。

「いっそ五郎右衛門師匠のように、浪々の身となって、宮地芝居で斬られ役をする、腹を固められたら良かったのに。苦しい思いを抱えずに、済んだかもしれない」

佐助が口元を歪め、道場破りは五郎右衛門が、大嫌いだろうと言う。

「同じような境遇なのに、何とか明日を見つけましたから」

だからその教え子、一太郎も斬ってしまいたいわけだ。武家の端くれだが、ちゃんと生きている道場主も婿がねも、道場ごと潰《つぶ》しにかかるのだ。

「盗み、斬ったけど、多分、お金が欲しいんじゃないんだろうね」

自分が得られなかったものを、人が手にするのが、我慢出来ないのだろうと、一太郎が溜息を漏らす。

「仁吉、なら今回の件を止めて、道場破りに、無茶を諦めさせないと」

「ええ、ぼっちゃんを襲わない内に、終わりにしないと」

一太郎は、何度か首を傾げた後、顔を上げた。そして思いついたことがあると、話を続けた。

「おや、ぼっちゃん、妙案が浮かんだんですね」

「上手くいくかどうか、分からないけど」

途端、一太郎の育ての親を自負する兄や二人は、話も聞かぬ内に大きく頷いた。

「おおっ、ぼっちゃんは、どんどん元に戻って来てます。以前の若だんなのように、困りごとをすぱりと、解決なさる訳だ」

ならば一太郎のやりたいようにすれば、事は上手く終わると、揃って言い出す。

「そうに違いありません！」

兄や達も他の妖達も、段々、小さな一太郎ではなく、元の若だんなに対するような振る舞いを、見せてきている。

(時が、巻き戻っていくみたいだ)

なら一太郎は、まだ十二程の見てくれではあるが、そろそろしっかりせねばならない。黒板塀の一軒家で、皆の顔を見てから、一太郎は口を開いた。

「道場の婿がね候補は、もう一人居たはずだよね？」

道場主は、より良い婿を選ぶ為、脇差しを取り戻した方を、婿にすると言っていた。

「ええ、競争相手がいました。それで腕に覚えの無かった総三郎様が、五郎右衛門さんを、話に巻き込んだんです」

場久が頷いたので、一太郎は先を語る。

「道場破りと関わる婿がねは、二人だ。だから、道場破りが五郎右衛門さんに気を取られている隙《すき》に、もう一人の婿がねに、脇差しを取り戻してもらう。そうすれば話が終わると思うんだけど」

総三郎以外の者が道場の婿に決まれば、総三郎と道場の縁は消える。つまり五郎右衛門と道場破りが、戦う事情も無くなるわけだ。

一方道場の方は、守り手が二人になるし、弟子もその内、戻ってくるだろう。そうすれば、より安心になるはずであった。

屛風のぞきが深く頷いた。

「ああ、その手があったか。あの嫌な総三郎様が、道場主になれないとしたら、勝った気になれるな」

ただ師範代という夢を見せられた、五郎右衛門が気の毒だと、尻尾をぱたぱたと振りつつ、おしろが言う。

「五郎右衛門さんは良いお人で、腕も立つのに」

道場破りが捕まり、あの総三郎は道場主になれず、しかし五郎右衛門は、師範代になれる。そういう話になったらいいのにと、おしろは願っていたのだ。

「そいつはちと、無理ってもんだろう」

金次が苦笑を浮かべると、おしろも、分かってはいると言った。だが。

「これが宮地芝居なら、きっと最後は、すっとする話に落ち着くんですけどねえ。あの二枚目の光久さんが颯爽《さっそう》と登場して、悪い奴らを斬り伏せ、企《たくら》みを打ち砕くんです。あの方の剣さばき、格好良いんですよ！」

「きゅい、鳴家も、かっこいい」

「残念です。お芝居みたいに悪を、一刀両断にして欲しいのに」

「そんな事が出来たら、光久さんは贔屓《ひいき》の若い娘達だけでなく、大年増や、剣豪に憧《あこが》れる若者にも、持てまくりますね。光久さん、師範代じゃなくて、道場主になれますよ」

場久が笑う。すると仁吉が、溜息を漏らした。

「おい、妙な方へ話を進めるんじゃない。我らが今、話すべきなのは、光久さんの事じゃない。もう一人の婿がねの事だ」

一太郎の話から逸《そ》れていると言われて、妖達は困った顔になる。

「ありゃ？　そういえばぼっちゃん、二人目の婿がねのこと、ご存じなんですか？」

一太郎は笑って、名前も知らないと言った。

「ただその人も、道場破りより強くはないだろう。剣豪だったら、とっくに一人で、あいつを捕らえてる筈だもの」

そういう婿がねに、どうやって脇差しを取り戻してもらうか。それが悩みどころだと言うと、兄や達があっさり返事をする。

「ならば我らが、二人目の婿がね殿に手を貸しましょう。なに我ら二人の方が、あの道場破りより強いですよ」

佐助が、にやりとした。

「あの道場破り、相手の強さが分かると豪語してました。ぼっちゃん、その当人が、我らの前から逃げだしましたからね」

「そのやり方で行くしかないかな」

後は、婿がねがどこの誰なのか、知らねばならない。すると鈴彦姫が、それは聞けば分かるだろうと口にした。

「遠縁である道場主が、ご存じでしょう」

一太郎が、小屋裏で稽古を続けている間、妖達は役者や屋台の主達と、山と話をしていたのだ。よって総三郎が狙っている、道場の場所は聞いていた。道場は神田明神近くにあったから、明日は稽古を休み、皆で向かうことにする。

「二人目の婿がねの名は知らないが、確か道場主の娘さんは、お実奈《みな》さんだった」

「きゅい、お実奈さん、甘い？」

ところが翌日、一太郎達は神田へ向かう途中で、思わぬことに行き当ってしまった。人だかりがあり、悪行を積み重ねている、道場破りのよみうりが出たと知って、買ってみたのだ。そして揃って、目を丸くする。

「えっ？　道場破りが道場の婿がねを、斬ったと書いてある。山野《やまの》小《こ》八郎《はちろう》様って……きっとこの人が、二人目の婿がねだよね？」

婿がねは昨日の内に、あの剣呑な道場破りに、斬られていたらしい。長崎屋の皆は呆然とし、道に立ち尽くしてしまった。

7

道場破りは、五郎右衛門を狙っているように思えたのに、どうして山野小八郎が斬られたのか。よみうりには、詳しい事情など書かれておらず、一太郎達は急ぎ舟に乗り、神田へ向かった。

すると、道場の場所は直ぐ分かったものの、中へは入れなかった。今や、悪名が鳴り響いてきた道場破りに、婿がねが斬られたと言うので、道場の前に、野次馬が集まっていたのだ。

おかげで門は、ぴたりと閉められていた。

「あの様子では、道場主とお話しするのは、無理ですね」

おしろが、せっかく神田まで来たのにと、残念そうに言う。妖達は少しでも話を摑もうと、山野小八郎のことを、野次馬達に聞いて回った。するとじき、事情を知る道場の弟子に、行き合う事が出来た。

その男によると、小八郎は道場を訪れた帰りに、斬られたのだという。

「もう一人の婿がねが、腕の立つ五郎右衛門という浪人を助っ人にしたと、よみうりに出たんです。それで小八郎様も、人を雇ったとか」

是非、道場主になりたいと願っていたのは、小八郎も同じだったらしい。小八郎は自分がいれば、道場破りなどさせなかったと豪語し、度々道場を訪れていたのだ。

「だが小八郎様は、あの道場破りに勝てなかった。斬られて、医者に担ぎ込まれたそうです」

斬った相手は道場破りだったと、逃げだした助っ人が話したらしい。

(小八郎さんは、昨日襲われてる。兄や達から逃げだした、後の事だろうか)

一太郎は唇を嚙む。もしかすると道場破りは、逃げだした己に苛立《いらだ》ち、小八郎を襲ったのかもしれない。

「小八郎様、助かるのでしょうか」

一太郎が問うたが、確かなことは誰も知らなかった。

五郎右衛門と語りたくて、一太郎達は舟で両国まで帰ると、そのまま宮地芝居の小屋裏へ顔を出した。

すると、もう自分達の出番は終わったのか、五郎右衛門や光久達芸人仲間が、裏手に集まり、何やら話し合っていた。

「もしや光久さん達も、二人目の婿がね、小八郎様が斬られた噂を知ったんでしょうか」

おしろの言葉に、妖達が頷く。あのよみうりを見たとしたら、皆、落ち着けないに違いない。

しかし、一太郎達が駆け寄ると、小屋裏で五郎右衛門達が語っていたのは、小八郎のことではなかった。

「小八郎様は、災難だったな。よみうりを見せてきた人がいて、山ほど話したよ」

光久が言う。ただ、皆は先程、別の件を知ったという。

「今はそっちを話してるんだ」

「別件？　師匠、また何か起きたんですか？」

すると五郎右衛門が、大きく息を吐き出した。

「おれに、助っ人の役目を押っつけてきた総三郎様が、雲隠れした」

「は？」

「競争相手の小八郎様が、道場破りに、斬られた事を知ったようだ。怖くなったのかね。少なくとも屋敷の者達は、総三郎様は、屋敷にはいないと言っている」

小八郎の件を知ったので、この先、総三郎がどうする気か確かめる為、五郎右衛門は先ほど、屋敷へ赴いたのだ。すると。

「消えていた。総三郎様はいなかった」

屋敷の者からは、どこへ行ったかは分からないと、返答があった。三男とはいえ、旗本の息子だ。屋敷は大きく、奥へ籠《こ》もったら、中にいるのかどうかすら分からない。

「競う相手が脱落したのに、総三郎様はそんな時、道場へ駆けつけなかった。いや反対に、姿を消してしまった」

五郎右衛門は、これで総三郎が道場主になる話も、消えただろうと口にする。

「総三郎様が道場と切れれば、あの道場破りとおれも、縁が切れる。これでぼっちゃんも、安心できると良いのだが」

五郎右衛門は、疲れたように言った。

だが、その願いを聞いた金次が、後ろから首を出し、あっさり横に振る。

「師匠、そりゃ、考えが甘くないかい？」

関係の無い、一太郎まで襲ってきた道場破りが、ここで収まる筈もない。貧乏神は、そう言うのだ。

「あいつは今まで、何人も襲っている」

続けていれば、いつか捕らえられると恐れる筈なのに、それでも今回、小八郎を斬った。

「あいつ、己を止める気などないんだろう」

ならば次に襲われるのは、五郎右衛門か、一太郎か。いや、それよりもと、金次は話を続けた。

「道場破りは、もし五郎右衛門さんを殺せなかったら、腹いせに宮地芝居の小屋を、壊しに来るかもしれんな」

何しろ、盛り場に立つ小屋や、広い道場は、手斧《ておの》一つで壊すことが出来そうなのだ。

「道場破りは、そっちを楽しむかな」

そう言われて、裏庭にいた役者や芸人達が、悲鳴のような声を上げた。

「ここはおれ達が、暮らしていく銭を稼ぐ場だ。無くなっちゃ困る」

皆が、何か芝居小屋を救う案がないものかと、互いへ目を向ける。すると光久が、兄や達を見つめて来た。

「あの、二人は随分、強そうに見えるんだが。あの道場破りを、何とか出来ないか？」

「無理です」

仁吉が、余りにも早く答えたので、一太郎は頭を抱えた。要するに兄や達は、一太郎は守っても、盛り場を守る気などないのだ。昔からそうで、一太郎がお願いしても、芝居小屋など守ってはくれない。

（ならば、どうしたらいいのかしら）

すると、この前おしろが願っていたことが、一太郎の頭を過《よぎ》る。

（これが宮地芝居の話なら、きっと最後は、すっとする話に落ち着くと、確か、そう言ってたよね？　光久さんが颯爽と登場して、悪い奴らを斬り伏せ、企みを打ち砕くと）

一太郎はここで、宮地芝居の小屋と、芸人達を守るとしたら、そういうやり方しかないだろうと思い至った。そもそもいい加減、あの道場破りを、誰かが止めなければならない。

（でも光久さんに、あの道場破りを斬り伏せるのは無理だ。芝居じゃないんだから）

そして兄や達に、動いてくれと願う事も出来ないとしたら。

（ならば刀を手に、悪い者を打ち砕ける男は、ただ一人しかいない）

あの杖術使いと対峙したら、斬り殺されるかもしれない恐ろしさがつきまとう。だが。

(五郎右衛門さんしかいない。あの男と、互角にやり合える人は)

五郎右衛門とて、今後道場破りが、いつ襲ってくるか分からないままでは、落ち着かない筈だ。ならば今が、勝負の時に違いない。

ただ。一太郎は、両の拳《こぶし》を握りしめた。

(自分以外の人に、命がかかった決断をしろというのは、怖い。死へ押し出してしまうかもしれないもの。本当に怖い)

怖いとは思うが、そのやり方しかない。頭の中が、その決断で一杯になり、一太郎は五郎右衛門を、見続けてしまったのだろう。

じき、何か考えがあるのかと、五郎右衛門が一太郎へ、問うてくることになった。

8

その後一太郎は妖達と一緒に、五郎右衛門を何と、婿がねを求めていた神田の道場へ誘った。そして道場主へ頭を下げ、助力を得ることになった。

剣呑な道場破りと勝負するとなると、余人を巻き込む場所は怖い。道場ならば戦いやすく、しかも野次馬などを遠ざけられた。

「道場破りを捕らえるには、正面からの一騎打ちで打ち破る。そのやり方しかないと思います」

全《すべ》てが五郎右衛門の力量に、掛かっているのだ。

それから道場主の許しを得て、滅多に無いほどの強さゆえ、次の道場主は、五郎右衛門に決めたと噂を流した。道場破りはよみうりを読んでいる様子だから、銭を払って一筆書いてもらったのだ。

「これで、道場破りをまた、この道場へ引き寄せることが出来る筈です」

ただ、そういう支度が終わり、一太郎や五郎右衛門と向き合った時、道場主は、今回のやり方を、信じ切ってはいないと言った。

「そもそもよみうりを読んで、あの剣呑な男が、この道場へまた来るのかね。そして、五郎右衛門さんが、あの男を打ち破ってくれるのか？」

まあ、勝てば脇差しが取り戻せるから、試しにやってみると、道場主は言う。そして、今は弟子も来ないから構わないと続けた。

「婿がねの、山野小八郎殿が斬られて以来、道場に近寄るのすら怖がられている。役に立たない道場だと、侮《あなど》られてもおるな」

稽古に来る者が、居なくなっているのだ。

「五郎右衛門さん、あんたはよみうりが、総三郎様の助っ人だと、書いていたお人だろう？　あの道場破りに、本当に勝てるのか？」

すると五郎右衛門は、少し首を傾げてから、多分と、いささか頼りなく言った。

「実は、杖術使いと手合わせしたのは、今回の道場破りが、初めてなのです。あの男が使う技、見たことがないものだった」

すると屛風のぞきが、首を傾げる。

「でもさ、その割には五郎右衛門さん、宮地芝居の小屋裏で、道場破りに押されちゃいなかったよな」

「きゅいきゅい」

目にした事のない杖術相手に、五郎右衛門は狼狽えず、やりあっていたのだ。すると、道場主が感心したように言った。

「ほお、それは凄い。わしも杖術は、あの男が道場破りに来た時、初めて見た。あげく、対処が拙く、脇差しを奪われてしまったのだ」

本当に、道場破りに勝てるようなら、杖術への対し方を、習いたいと道場主は言う。

すると、五郎右衛門は身軽に立ち上がり、さっそく構えを取った。

「杖術を相手にするには、力をいかに受け流すかが、大事だと思いました」

ただ例の道場破りは、杖術使いの内でも少々特別だ。

「あの杖、仕込み杖です」

「何と、やはりそうか」

ただの杖にしては、打ち合った時の感触が重すぎたと、道場主が言う。そして自分も立ち上がると、竹刀を手に取り、五郎右衛門と軽く型を合わせ始めた。

双方の足さばきは軽かった。やがて、どんどん早く打ち合い、互いの顔に笑みが浮かび出す。

（あ、このお二人、強い。それをお互いに、分かったみたいだ）

一太郎は見とれていたが、兄や達は、呆れた顔になった。

「あの、道場破りを誘うよみうりを出しても、あいつが、直ぐにこの道場へ来るとは限りません。暫く来なければ、おびき寄せるのに、次の手が要ります」

どんな手を打っていくか、その間、五郎右衛門がどう暮らしていくか、話し合う事が山とある。鍛錬は後でと兄やが言ったが、二人は止まらず、道場主が笑った。

「五郎右衛門殿には、あの道場破りが来るまで、ここに居て貰うしかあるまい。その間は、稽古をする。それだけだ」

五郎右衛門も頷いており、話し合いにならない。佐助が溜息を漏らしていると、ここで小鬼達が、不意に騒ぎ出した。

「どうしたの？」

一太郎が問うと、何匹かが表へ飛び出て行き、慌てた様子で帰ってくる。兄や達が訳をそっと聞き……何故だか怖いような笑いを浮かべた。

「あの道場破り、人を斬って、気が立っているのでしょうかね」

それとも小八郎を斬ったことが露見し、なりふり構わず、勝負をしにきたのか。

「おや、もしや」

「ええ、早々に、やって来たようです」

それを聞いた途端、一太郎が珍しくも、少し咳《せ》き込んだ。すると、それを合図にしたかのように、自分達はそろそろ引くと、兄や達が言う。

「ここは道場ですから、関係の無い、我らがいてはなりません。仕組んだ話だと、あいつに分かってしまいます」

「そうだな」

道場主は頷くと、にたりと力強く笑った。

「だが、心配は無用だ。今日は負けぬと分かった。この五郎右衛門殿は、強い」

先日とは、道場側の戦力が違うと、道場主が言い切った。おまけに二人とも今回は、杖術と対するのが、初めてではない。

「そうだな、勝てるだろう」

あの、己を止められない男相手でも、二人がかりであれば、生け捕りにも出来るだろうと、道場主は言う。二人で一人と対峙することになるが、人を斬り盗みを行う者に、遠慮は無用と言い切った。

「だが、初めは五郎右衛門殿一人で、あいつに対してもらおうか。どれ程の器量かみたい」

当人も、それを望むだろうと道場主が言い、五郎右衛門が頷く。

「承知した」

一太郎はふと、この先も五郎右衛門が、この道場と関わっていく気がして、目を見開く。そして勝負を見逃したくないと、身構えた。

ところが。まだ当の道場破りが着いていないというのに、珍しくも更に咳が出てきた。そして驚いたことに、止まらなくなったのだ。

「何で……こんっ、こんな時にっ」

何度か続いた時、突然兄やに抱え上げられた。どうしても勝負を見たくて、この場にいたいと何度も言ったのに、兄や達は一太郎を抱えたまま、部屋から出て行く。

「五郎右衛門さんは、心配することもなさそうです。ぼっちゃん、大丈夫ですよ」

ちゃんと二人は勝てますからと、佐助が言ってくる。結果は後で、知る事も出来るという。

「でも、勝負を見たい。ねえ見せて」

何度も兄やへ言ったが、二人は道場から離れて行く。庭で仁吉が、表の道へ目を向けた。

「ああ、あの男、そこまで来てる。怖い顔つきをしてますね」

「兄や、お願いだから」

泣き言に近い言葉も、二人の足を止めてはくれない。すると門前で、さっと杖を手にした男が、勝手知ったる道場へ飛び込んで行くのが目に入った。

直ぐ辺りに、刃物がぶつかる、もの凄い一撃の音が響く。

一太郎の呟が、それに重なっていた。

帰家

1

江戸の通町《とおりちょう》にある長崎屋《ながさきや》は、廻船問屋《かいせんどんや》兼薬種《やくしゅ》問屋の大店《おおだな》だ。

主《あるじ》は商売上手、おかみは美人、数多《あまた》の蔵と廻船を持ち、店の名を知る者は多かった。だが長崎屋には、もっと世間に知られていることがあった。病がちな息子のため、主夫妻が、ありとあらゆる手を使い、甘やかしに掛かっている事でも高名なのだ。

若だんな一太郎《いちたろう》ときたら、まめに寝込み、無事でいる時は二親から甘やかされ続け、悪の道に走る暇すらなかった。通町の皆は、苦笑と共に、若だんなの病の日々を噂《うわさ》していた。

「若だんなも、大変だよな。一旦《いったん》寝付いたら、病が治っても、二親が安心するまで、頑張って寝てなきゃならないから」

うっかり嫌がった日には、また大病になったのかと、町の者達も知るほどの大騒ぎになるのだ。

「しかし、ここんところ長崎屋じゃ、店を一日閉めるような騒ぎがないね。ああ、若だんなは今、山の温泉へ養生に出てたんだっけ」

「なかなか帰って来ないなぁ。若だんな、親に甘やかされるだけの力が、溜《た》まらないのかね？」

不在が長いので、近所の知り合い達は、若だんなのことを案じ始めている。何しろこれまで本当に、何度も死にかけているからだ。

しかし、今回若だんなが留守にしているのは、病故《ゆえ》ではなかった。妖《あやかし》の血を引いている為《ため》か、若だんなはある日、天の星の代替わりに巻き込まれてしまった。そして何と、一旦赤子に戻り、育ち直していたのだ。

ただ、そのおかげか、以前の暮らしでは考えられないほど、元気一杯の日々を過ごしていたが、さすがに小さな姿だと、通町では暮らせない。それで若だんなは養生に行くと言って、一時、長崎屋から離れているのだ。

そして天が収まると共に、若だんなも早々に、元の姿へ戻ってきていた。本当に珍しくも、人並みに寝込まず過ごす毎日を、そっと楽しんでいたのだ。

するとある日のこと、新しい噂が通町を巡った。長崎屋の夫婦が、いそいそと散財をしはじめたというのだ。

　息子の布団《ふとん》を新たにあつらえ、新しい寝間着や着物まで頼んだという。噂がまず広まったのは湯屋で、近くに住まう面々は、ぬか袋で身を洗いつつ、深く頷《うなず》いた。

「若だんなが、店へ帰ってくるみたいだね」

「丁度いいじゃないか。幼なじみの栄吉《えいきち》さんも、三春屋《みはるや》へ戻った所だし」

「ああ、そうだった。辛あられで名を上げた、三春屋の跡取り息子は、幼なじみだ」

「湯屋の二階へ上がった店の主達が、話し合いをしてたぞ。若だんなが帰ってきた日の祝いに、どの店が何を長崎屋へ売り込むか、決めておくんだそうだ」

「おやおや」

　居合わせた大店の主達は、苦笑を浮かべたものの、あがり湯を使いつつ、誰も止めないでいる。長崎屋は、商い上手の奉公人を多く抱え、稼いでいるから、こういうとき金を使って貰《もら》うと、周りも助かるというものであった。

　それから、三日後のこと。知り人に会っても、困らない程大きくなった若だんなが、通町に姿を現すと、長崎屋に着く前から、多くの知り合い達に声を掛けられた。そして、まずは父の藤兵衛《とうべえ》の居る廻船問屋へ顔を見せた途端、若だんなは両親と奉公人達、それに残っていた妖らに、明るく迎えられたのだ。

「一太郎、お帰りっ。待ってたよ」

「おとっつぁん、おっかさん、ただいま帰りました。長いこと、ご心配をおかけしました」

「ああ、仁吉《にきち》や佐助《さすけ》から、聞いていた通りだ。随分、調子がよさそうじゃないか。まるで、若返ったみたいだよ」

父親から、今回の湯治は余程効いたようだと言われて、若だんなは自分が、山の温泉地へ行っていた事になっているのを思い出す。

(いけない、うっかり根岸の里のことや、両国での話をしたりしないよう、気を付けないと)

遠い湯治場から帰った形にしたので、今日、若だんなの一行は、わざわざ草鞋《わらじ》を履いているのだ。

若だんなは、人の前へ転がり出てきた小鬼や、妖の蒼玉《そうぎょく》を、素早く手持ちの巾着《きんちゃく》へ入れて隠すと、皆と、廻船問屋の荷を出し入れする、店の横手へ回りこんだ。そこの土間で草鞋を脱ぎ、足をすすぐのだ。

「蒼玉も鳴家《やなり》も、久しぶりだね。良い子にしてた？」

妖達を撫《な》でると、機嫌の良い声がする。

「われ、いつも蒼いの」

「きゅんい、届いたお菓子、沢山食べてた」

すると、その時店横の土間へ、思わぬ顔が現れたので、若だんなは巾着を上がり端へ置き、顔をほころばせる。

「栄吉じゃないか。どうしたの？　今日は安野屋さんから、用で帰ってたの？」

ここで若だんなへ事情を告げてきたのは、母のおたえであった。

「一太郎、栄吉さんは少し前に、安野屋さんでの奉公を終えたの。三春屋さんへ戻って来てるのよ」

「何と、それは知りませんでした。栄吉、切りをつけたんだね」

幼なじみの栄吉は、菓子司《つかさ》三春屋の跡取り息子だが、餡《あん》を使った菓子との相性が悪く、修業先から戻る決意を、付けかねていたのだ。

それがいつの間にか、帰宅していたという。すると、一応長崎屋の奉公人になっている、付喪神《つくもがみ》の屏風《びょうぶ》のぞきと、貧乏神の金次《きんじ》が、揃《そろ》って要らぬことを言い出した。

「おんや。栄吉さんは、餡子作りの修業をするため、あと百年くらいは安野屋にいると、思ってましたが」

「これっ、屏風……じゃなかった、風野《かぜの》っ」

叱《しか》られた屏風のぞきは黙ったが、金次が、あっけらかんと話を継いでしまう。

「で？　栄吉さんは、饅頭《まんじゅう》というか餡子、上手《うま》くなったんですか？」

正面から問われ、幼なじみは苦笑を浮かべた。だが、その笑みで誤魔化すことはなく、きちんと事情を語ってきた。

「菓子作りの腕は、一進一退だ。でも、戻って来た。一太郎、おれに新しい縁談が来たんだ。早々に祝言《しゅうげん》をあげる話になったんで、家に帰ったんだよ」

つまり栄吉は嫁取りをすると腹を決め、修業を終えたのだ。すると貧乏神が、大きく頷いた。

「そりゃ、良い判断だった。餡子作りが上手くなるまで待ってたら、修業中のまま、墓へ入りかねなかったもんな」

「金次っ」

若だんなが怖い顔をすると、板間で藤兵衛が笑い、軽く金次をたしなめる。そして、元気そうな我が子の姿に、機嫌良く目を細めた後、栄吉へ言葉を向けた。

「一太郎が無事、いや、元気になって帰ってきたのでね。今日は、その祝いをしようと思ってるんですよ」

内々のものだが、料理も酒もたっぷり用意するという。

「良かったら栄吉さんも、顔を出しませんか。一太郎も、久々に話せたら喜ぶと思います」

もちろん急な誘い故、都合が良かったらだがと、藤兵衛は柔らかく言葉を続けた。栄吉は一太郎へ笑みを向け、もちろん伺いますと、明るく言った。

「一太郎には、色々聞きたい話があるよ。聞いて貰いたい話も、溜まってる」

若だんなが頷き、今日は楽しい日になりそうだと、妖達も上機嫌だ。

ところが。その時、聞き慣れない若い声が土間に響き、皆の動きを止めた。いつの間にか娘御が現れ、何と栄吉へ、厳しい眼差《まなざ》しを向けてきたのだ。

「栄吉さん、何で他の約束を、入れてしまうんですか。今日はこの後お寺へ、お参りにゆく約束でしたよね？」

初めて一緒に、寺参りに行くのだ。楽しみにしていたのにと娘御に言われ、栄吉は慌《あわ》て始めた。

「お多真《たま》さん、どうしてここへ？　ああ、三春屋へ行ったらいなかった。で、長崎屋にいるって聞いたんですか」

途端、長崎屋の皆は娘御へ、一斉に目を向ける。

「おや、栄吉さんが、親しげな口をきいてるぞ。なかなか可愛《かわい》い娘だぞ」

「お多真さんとは誰だ？　どこの娘さんだ？」

若だんなが笑みを浮かべた。

「おや栄吉、もしかしたらその娘さんが、縁談のお相手なのかしら」

ならば、まずは紹介して欲しいと願うと、栄吉が、少し気恥ずかしそうな顔つきで、如月屋《きさらぎや》のお多真だと、名を告げてくる。

ところが、だ。お多真はここで、若だんなの方など見向きもせず、栄吉への言葉を続けたのだ。

「栄吉さん、親も寺参りの為、三春屋さんに来てるんです。約束、守ってください」

お多真が必死な顔で言うので、栄吉はお多真へまず、勝手に心づもりを変え、申し訳ないと謝った。

「ただ、行こうと言った寺は、少し先の西本願寺だ。いつものように、乳母さんとうちへ来たとき、行けたらいいなという、軽い気持ちだったんだよ」

まさか今日、お多真の親まで付いてきて、一緒に寺参りをするとは、栄吉は考えていなかったらしい。

「でね、今日は一太郎が、長い療養から帰ってきたんです」

帰宅の祝いを、何日か先に延ばしてくれなどと、栄吉が頼むことは出来ない。そして奉公をしていた栄吉は、一太郎と、一年以上も会っていなかったのだ。

「だから寺へ行く方を、先延ばしにしてもらえないかな。親御さんにはこれから三春屋で、きちんと挨拶《あいさつ》させて頂くから」

お多真が、拳《こぶし》を握りしめたように見えた。

「栄吉さんは、あたしとの約束より、お友達が大事なの？　長崎屋は、親戚《しんせき》じゃないんですよね？　あたし、おとっつぁんと行くお寺参り、初めてなのに」

「おや、そうなんだ。それは申し訳ない」

勿論《もちろん》お多真は大事だと、栄吉がなだめに掛かったが、お多真は、今日でなければ駄目ですと、泣きそうな顔になってしまう。

「おとっつぁんはもう、あたしと出かけては、くれないかもしれないのに」

「えっ？　なんでだい？」

栄吉が真面目《まじめ》に訳を問い、お多真は何度か口を開いたが、言葉が見つからないようで、話が続かない。その内、段々顔が赤くなり、何故《なぜ》だか目が潤《うる》んできていた。すると。

この時、下働きの子が土間へ来て、すすぎの水の入った盥《たらい》を、持って行こうとした。するとお多真が突然、その盥を奪い、何と栄吉へ向け、放り投げようとしたのだ。

「ちょ、ちょっとお多真さん、落ち着いてっ」

止めようとした若だんなが、盥と栄吉の間に、割って入る格好になった。目の前に、兄《にい》や達や妖、それに二親もいたが、誰も、何をする暇など無いくらい、あっという間に事は起きてしまった。

「ひえっ」

驚きの声が漏れたとき、若だんなは頭からざんぶりと、水を被《かぶ》ってしまっていたのだ。驚いた事に濡《ぬ》れた途端、何歳分か戻っていなかった最後の時が、若だんなの身に、返ってくるのが分かった。

（あ、時が追いついてきた）

いよいよ若だんなは、天の配剤から解き放たれるのだ。その時頭に浮かんできたのは、先だってから、時に、咳《せき》が出るようになっている事だ。

（私はこれから……どうなるんだろう）

何故だか大きく部屋が揺らいだ。そして若だんなは土間へ、ゆっくり倒れて行ったのだ。

「きょんげーっ」

目の前が暗くなっていく間に、親や妖達の、悲鳴が聞こえた気がした。

2

一太郎は、離れの寝床で夢を見ていた。自分が夢の中にいると、眠りながら分かったのは、悪夢を司《つかさど》る妖、獏《ばく》と親しいからだろうか。

夢の内で若だんなは、まず赤子になっていた。そして、一つしかない薬を使い、自分が元に戻る代わりに、星を天へ帰した。

次に小さな子供の姿になって、野山を思い切り駆けていた。友が出来、薬草集めを楽しんだのに、もう会えなくなってしまった。

更に、大分大きくなってきた一太郎は、両国で、とびきり楽しい事を見つけた。剣術を習い、師匠と呼ぶお人と出会ったのだ。両国から離れた後も、道場へは通いたいと、心から願うようになった。

そして……若だんなは十ヶ月以上も掛かって、赤子の姿から、元の己に戻ってきた。通町でいつもの暮らしを始めるため、長崎屋へ戻ることになったのだ。それは、もの凄《すご》く嬉《うれ》しい事のはずだった。

また、親と暮らせる。幼なじみと会える。妖達は前のように、離れで鍋《なべ》を作り、大福を焼き、碁を打つだろう。帰宅を聞けば、中屋《なかや》の於《お》りんもきっと、顔を見せてくる。日限《ひぎり》の親分や広徳寺《こうとくじ》の寛朝《かんちょう》とも、気軽に会える日が来るのだ。

「きゅい、きゅわ」

鳴家達の声が夢の内で、波音のように遠く、近く、聞こえてきている。小鬼達は長崎屋で、留守番の鳴家達に会って、喜んでいた。この後、皆で祝うと父が言っていた。

今日は良い日なのだ。なのに……。

（何だろう、この不安は……）

若だんなは夢の内で、自分が笑ったと分かった。

（誤魔化しちゃいけないよね）

若だんなは、己が怯《おび》えていることを、嫌というほど分かっていた。考えるだけで怖くてたまらないことが、目の前にぶら下がっているのだ。

（前と同じ歳《とし》に戻ったら……私はまた、人並み外れて弱くなるんだろうか。直《す》ぐ、病で寝込むようになるんだろうか）

寒ければ熱を出し、暑ければ倒れ、食べられなくなって、また寝込む。そんな毎日がまた来るのではないか。若だんなは、それが怖いのだ。

（時が巻き戻った日から、寝込む事がなかった。あれからまだ一年経《た》っていないのに、兄や達とて、ここ暫《しばら》くは若だんなが道を駆け回っても、竹光を振るって笑っていたのだ。両国に仮住まいをした頃には、遊び倒せと、二人で言ってきた程であった。

(寝床の脇《わき》から、薬を乗せた盆が消えてた)

目を覚まし、またあの盆を見るのは嫌だ。若だんなは溜息《ためいき》をつきそうになった後、大きく目を見開いた。

夢の中に、悪夢を食べる獏、場久《ばきゅう》が、屏風のぞきや小鬼を伴い、現れてきたからだ。夢を司る妖は、人の夢へ姿を現す事があった。

「おや場久、珍しい、どうしたの?」

「妖の皆がね、心配してるんです。長崎屋で、騒動が起きてます。そいつを突然見たら、若だんなの心の臓が、止まるんじゃないかって」

「……店で、何かあったの?」

恐る恐る問うと、場久は夢の内で、とんでもないことを教えてきた。

「若だんな、さっきお多真さんに水を掛けられて、倒れたことは覚えてますか?」

「うん、だから離れで寝てるんだよね。ああ、まだ事が起きて、半時も経ってないんだ」

場久は頷くと、その後短い間に、土間で一騒動……いやもっと、色々あったと伝えてくる。

「まず旦那《だんな》様が、怒ったんですよ。何しろ若だんなはここんところ、とても丈夫になったって話が、伝わってましたから」

藤兵衛は、一人息子と一緒に仕事が出来そうだと、それはそれは楽しみにしていたらしい。そして若だんなは本当に、元気な様子で長崎屋へ帰ってきたのだ。

「なのに、です。旦那様の目の前で、若だんなが水を浴び、倒れることになったから」

おかげで帰宅の祝いも、取り消し間違いない。お多真や栄吉は、長崎屋の奉公人達から、涙目を向けられたのだ。

「そうか。私が倒れたんで、店の皆にも栄吉達にも、迷惑かけちゃったね」

帰家早々、騒ぎを起こしてしまった。大丈夫、早く起きて事を収めるよと、若だんなは大きく頷き、話をくくる。

ところが、場久は何故だかここで、慌てないでと言ったのだ。

「若だんな、まだ話は途中です。騒ぎは、この話の後、起きるんですってば」

「えっ？　他にも何かあったの？」

すると、屏風のぞきと小鬼達が、我先にと話し始めた。

「きゅんぴーっ、若だんな、大変なのっ。あれ、何が起きた？」

「小鬼、さっき見たことを、忘れてるんじゃないよ」

片眉《かたまゆ》を引き上げたのは屏風のぞきで、騒動を語り出す。

「兄やさん達が若だんなを、離れへ担《かつ》ぎ込んだ後、お多真さんと栄吉さんは、うちのご主人とおかみさんへ謝った。そして、三春屋夫婦と如月屋の主を連れてきて、もう一度きちんと謝った」

その頃、医者源信《げんしん》が店へ来て、若だんなは大丈夫だと言ったらしい。長崎屋の夫婦も、三春屋や如月屋の詫《わ》びを受け入れ、表向きは事が収まったのだ。

「表向き？　場久、どういうことかな？」

「若だんな、今日長崎屋へ帰ってきた時、小鬼や蒼玉が迎えに出てきただろ。鳴家の声は人に聞こえるし、蒼玉が喋《しゃべ》ってる所を見られるのも、剣呑《けんのん》だ」

「そうだね、私は妖達を急いで、手持ちの巾着に入れたな」

その後、店の横手にある土間で倒れた。そして……場久が最後を語った。

「暫くして、小鬼達が騒ぎ出して、気づいたんですよ。蒼玉と鳴家が入った巾着が、長崎屋の土間から消えてたんです」

小鬼達は仲間も蒼玉も、長崎屋にいないと言っていた。若だんなが、目を見開く。

「巾着って……確か両国で、お小遣いを入れる為に買った、あの袋だよね」

妖達に金子《きんす》を預けるとき、一つあると、便利だったのだ。色々な端布《はぎれ》を縫い合わせて作った袋で、おしろと鈴彦姫《すずひこひめ》が気に入り、道ばたの振り売りから購《あがな》った。だから巾着に入っていたのは、蒼玉、鳴家達、若だんなの小遣い、手ぬぐい、ちり紙などだ。そんな巾着が行方知れずと聞いて、若だんなは首を傾《かし》げた。

そもそも鳴家は、人には見えない妖だから、人が手を出すとは考えにくい。となるとだ。

「鳴家が蒼玉を抱えて、どこかへ行ったのかしら」

「若だんな、それだと、鳴家と蒼玉は消えるが、巾着は残るんじゃないか？」

屛風のぞきに言われて、若だんなは己の間抜けを知り、溜息を漏らした。間違いなく、誰か妖入りの巾着を、持って行った者がいるのだ。

「妖達を、早く連れ戻さなきゃね」

「蒼玉は、人がいても片言を喋って、前の持ち主に気味悪がられてた。危ないんだ」

屛風のぞきは、場久と顔を見合わせている。

「誰かに見つかって、話す玉だと知られたら、今度は砕かれるかもしれないよ」

若だんなは巾着の行き先を、夢の内で考えてみた。
一、横手の土間で失《う》せたのだ。廻船問屋の荷に、紛れ込んだか。
二、奉公人が、後で離れへ届けようと、袂《たもと》に入れて、忘れたか。
三、栄吉達の誰かが、巾着を間違って、持って行ったのかもしれない。
「店の荷は、金次が小鬼を使って、もう調べた。奉公人らにはおしろが、自分の巾着を知らないかって、聞いてたよ」

しかし、巾着は出てきてないと、屏風のぞきが言う。

「なら、答えは三だね。三春屋へ、巾着を探しに行かなきゃ」

あっさり分かって、若だんなはほっとした。ただ夢の内で、場久や屏風のぞきに、不安を告げもしたのだ。

「ねえ、栄吉はとてもきちんとした奴《やつ》だよ。もし、お多真さんの物かと勘違いして、巾着を持ち帰ったなら、直ぐに気づいて、戻しに来そうなのに」

だが友は離れへ、巾着を持ってきてはいないのだ。

「何でだろう。私の考えが、間違ってるのかな？」

「きょんげ？」

若だんなが困った顔で問うと、小鬼が何匹も、揃って首を傾げる。すると二人の妖達が、誠に正しいことを若だんなへ告げてきた。

「蒼玉達が三春屋に居るかどうか。三春屋へ行ってみりゃ、分かるんじゃないかい?」

「確かに。夢の内で悩んでても、始まらないか」

「我らがお供します」

途端、場久が夢を終え始めたのか、辺りに光が満ちてくる。三春屋へ行く前に、まずは両親の所へ顔を出し、無事な姿を見せておかねばと、若だんなは考えを巡らせた。

(一気に、忙しくなってきたな)

この十ヶ月、山と遊んでいた日々が、遠のいてゆく。若だんなは珍しくも、少し咳をして、あと少しだけ、離れで寝ていたいと思ってしまった。

3

長崎屋の直ぐ近くにある菓子司三春屋は、近い上、幼なじみ栄吉の家だから、若だんなは親戚宅よりも馴染《なじ》んでいる。だが今日、場久や屏風のぞきを連れ顔を出すと、間の悪い事に栄吉はいなかった。

代わりに三春屋が、お多真の件で、また謝ってきたので、若だんなはこの通り大丈夫だと元気な姿を見せ、三春屋を安心させた。

「息子も、ほっとしますよ。あいつは今、お多真さんと如月屋さんを、日本橋の店へ送りに行ってるんです」

若だんなは頷いた後、ふと、如月屋のおかみが今日、寺参りに来ていなかったことを思い出した。

(娘さんが嫁ぐ三春屋のこと、知りたくなかったのかな。用でもあったのかしら)

首を傾げていると、横から屛風のぞきが三春屋へ、さっさと巾着のことを問うた。

「あのぉ、突然の話で申し訳ないんですが。長崎屋の土間にあった巾着が、手違いでこちらへ来てないでしょうか」

「えっ、巾着ですか。どんな巾着でしょう」

すると今度は場久が、さすがは芸人と言おうか、上手く話を作って語る。

「若だんなが、中屋の於りんさんへ渡すつもりで、買っていたものなんです。だから、かわいらしい色の袋でして」

それで三春屋と如月屋が謝りに来たとき、誰かが間違えて持って行ったのではないか。場久はそう口にしたのだ。三春屋は頷いたが、店へ帰った時、栄吉は巾着など持っていなかったという。

「息子が帰ってきましたら、巾着のこと、聞いておきましょう」

（おや、三春屋には無かったか）

ここしばらく、寝床で考え事をするより、表で体を動かす方が多かった。だから、勘が鈍ったのだろうかと、若だんなは首を振る。さて、これからどう動こうか考えつつ、三春屋へ暇《いとま》を告げると、ここで珍しい事が起きた。

何と三春屋が若だんなへ、少し、話を聞いてくれないかと言ってきたのだ。

「おや……ええ、私で良ければ、お話し下さい」

若だんなが頷き、場久、屏風のぞきと共に、店の板間に並ぶ。すると三春屋夫婦は、栄吉が居ないときにしか出来ない話なのだと、思わぬ言葉から語り始めた。

「聞いて欲しいのは、その、お多真さんのことなんです。いえ、今日、長崎屋さんで起こした、騒ぎの話じゃありません。実は少し前から、気になってることがありまして」

三春屋は、栄吉に嫁が決まった事情を口にしてきた。

「ご存じの通り栄吉は、餡子作りが下手でね。でも、菓子作りは好きだ。だから修業先の菓子屋安野屋さんを、なかなか辞めなかった。それで直ぐに嫁取りが出来ず、縁を失ったこともありました」

ところがだ。先だって安野屋から、縁談が舞い込んで来たのだという。

「お相手のお多真さんは、安野屋さんの姪御《めいご》さんなんですよ。安野屋さんの弟さんは、紙屋の如月屋へ、婿《むこ》に入っておいでで。お嬢さんのお多真さんを嫁にしないかと、話を頂きました」

長年栄吉を預かってもらった、恩ある安野屋からの話であった。それに三春屋にとって、より大きな同業の店と親戚になれるのは、ありがたい話だ。

「願ってもない縁ということで、栄吉も腹を決めてくれました。商売の方も、辛あれと味噌《みそ》団子が、よく売れてます。息子が嫁を貰うには、良い頃合いだと思いました」

縁談はあっという間にまとまり、栄吉は安野屋から戻った。相手の如月屋の方がずっと裕福で、結納などに困るかと思ったが、あちらが万事質素にと言い、ほっとしたという。

しかしだ。

「もったいない縁を得て、ただ喜んでいても良い筈《はず》なんです。なのに私らは今回の縁談、不安に思えてきまして」

するとここで屛風のぞきが、遠慮も躊躇《ためら》いもなく、ずばりと話を切り込んだ。

「ご主人、そう遠慮した言葉を続けたんじゃ、話は明後日《あさって》になっても、終わりゃしない。あのお多真さんの、何かに引っかかったのかな？　顔は……結構、可愛かったが」

直ぐに場久も口を挟む。

「風野さん、家同士の縁談で、悩んでるんです。不安があるとしたら、相手方の、如月屋さんの事じゃないかな」

遠慮なしの言葉が続いた。

「如月屋さんは紙屋で、裕福、つまり大店なんですね。何で、そんな店の娘さんが、小さい三春屋さんへ嫁ぐんでしょう？」

「場久、安野屋さんが、間に入って下さったからだよ」

慌てて若だんなが言ったが、三春屋は観念した顔となり、その通り、そこが気になっていると言ってきた。

「縁談は伯父御である安野屋さんから、頂きました。その後、安野屋さんが仲人《なこうど》をすることになったので、嫁入りの話は専ら、安野屋で行われたんです。如月屋の店を目にしたのは、話がほぼ、決まった後でした」

婿入り先の如月屋は、それは大きな紙屋だったらしい。

「正直に言うと、どう考えても、うちじゃ格下なんですよ」

三春屋は戸惑ったが、如月屋にはその思いを告げられない。それで、馴染みの安野屋へ、そっと話をしたのだという。

「すると安野屋さんは、自分が如月屋さんへ、栄吉を勧めたとおっしゃったんです。栄吉はお多真さんの、良き婿になるだろうからって」

息子を見込んでくれたという話だから、三春屋は感謝を口にし、そこで引くしかなかった。しかし、だ。

「我が子だから、栄吉のことは分かってます。あの子は安野屋さんの奉公人の中で、腕が立つ方じゃない」

見てくれも、やがて継ぐ店も、栄吉は今ひとつぱっとしない。なのにどうして安野屋は、自分の姪との縁談を進めたのだろうか。

「何度考えても、答えが出ません。何か妙だ。この縁談、もう断る事などできないのに、不安になって来ているんです」

安野屋以外、誰に話をすればいいのか、分からなくなっていた所へ、若だんなが顔を見せてきたわけだ。

「それでつい、迷いを聞いて頂きました。若だんなには、迷惑を掛けたばかりなのに、すみません」

余程悩んでいたのか、三春屋は話を終えた後、下を向いてしまった。若だんなは栄吉を思い起こし、妖達と顔を見合わせる。

(確かに妙な所のある、縁談だよね)

それで三春屋へ一つ、頼み事をしてみることにした。どうせなら三春屋の悩みと、若だんなの悩み、両方がなんとかなると嬉しいからだ。

「あの、ならばこうするのはどうでしょう。如月屋さんの店がある場所を、私に教えて頂けませんか」

それが分かれば、たまたま通りかかったという形にして、如月屋へ巾着を探しに行ける。若だんなが顔を見せれば、如月屋は多分、店の奥へ入れてくれると思うのだ。

「その時、如月屋で、三春屋との縁談について、何か見聞きできるよう頑張ってみます」

若だんなが、お多真の婿になる栄吉と親しいことを、如月屋は承知しているのだ。

三春屋は、大きく頷いた。

「そうして頂けたら、ありがたいです。縁談のことで、出来たら悩みたくはない。私らはお多真さんを、快く迎えたいんです」

若だんなが頷くと、日本橋にあるという如月屋の場所を、三春屋が告げた。

「よし、行こう！　何でこういう成り行きになったのか、ちょいと不思議だけど、蒼玉達を取り戻さなきゃ」

若だんなは張り切ったが、両国にいた頃のように、好き勝手は出来ない。店を出た後、そのまま舟に乗るか、一度長崎屋へ帰るかで、妖達と、道ばたで揉《も》めることになった。

妖達は無茶をして、兄や達からお菓子を干されることを、心底恐れていた。

4

結局、場久と屏風のぞきが、長崎屋は近いのだからと言い張り、若だんなを一旦離れへ連れ帰った。

すると店の用で、如月屋へは行けない兄や達が、若だんなのお供を、もう一人増やした。蒼玉と鳴家達を探しに行くので、当然、妖らがくっついていく事になった。

「こういう時、この世慣れた金次が、若だんなと行くのは当然だな。あたしは長崎屋の、奉公人でもあるしさ」

案山子《かかし》が、ぼろ布をまとったような姿の貧乏神は、納得の顔で、屏風のぞき、場久の傍らを歩み、船着き場へ向かっている。すると猫になったおしろと、影内にいる鈴彦姫の、不満げな声が聞こえてきた。

「何でおなごは、表に出ちゃ駄目なんですか？　娘さんのお供なら、乳母達おなごがする。けど、若だんなが他の店を訪ねる時は、お供は男がするものなんですか？　ならおしろは、男に化けたのに」

更に鈴彦姫も、自分がいれば、如月屋で影内から、捜し物が出来ると言って、付いてきていた。若だんなは笑って猫を場久へ託し、小さな鈴になった妖を懐《ふところ》に入れた。

「じゃあ、二人にも付いてきてもらおうね。活躍の場は、ないかもしれないけど」

如月屋には、こっそり入り込むのではない。店表で名乗り、巾着のことを問うだけなのだ。巾着が如月屋にあって、蒼玉や鳴家達を見つけられれば、早々にこちらの用は終わる。

「おや、若だんな、簡単そうだな」

金次達は舟に乗ると、ならば早く帰って、鍋にしようと笑っていた。

ところが、日本橋の大通りにある如月屋へ着くと、巾着の件はまたもや、さっぱりとは終わらなかった。

如月屋は若だんなと妖三人を、直ぐ、店奥の間へ通してくれた。そして現れてきた主は、先刻はお多真が失礼をしましたと、また丁寧に頭を下げてきたのだ。よって若だんなは、巾着が手違いで、如月屋へ来てしまっていないか、気を楽にして問うことができた。すると、確かに巾着袋があると、直ぐに分かった。長崎屋から持ってきてしまったのは、如月屋だったのだ。

「これは、申し訳ないことをしました。娘のお多真が、長崎屋さんの部屋から先に出た後、あの巾着が部屋に残っていまして。可愛い柄だったので、てっきりお多真のものだと、勘違いしました」

主は奉公人に言いつけ、布を接《は》ぎ合《あ》わせて作った巾着を持ってこさせた。そして……若だんなはその巾着をあらため、目を、それは大きく見開くことになったのだ。

(あれ？　巾着が見つかったら、事は終わる筈だったのに)

出された巾着には、ちり紙と手ぬぐいしか入っていなかったのだ。蒼玉も小鬼達も、若だんなの小遣いすら、中にはなかった。それに気がついたのか、おしろと鈴彦姫が、妖らを探すと言って、影内から消える。

(あの子達、どこへ行ったんだ？)

大いに困ったが、若だんなは中身が足りないことを、口にするかどうか迷った。蒼玉は、昔金次が、一つで大店が買えると言ったと聞く、外《と》つ国からきた玉なのだ。そんな高い品が無くなったと言ったら、如月屋へ、盗みの疑いを掛けた事になってしまう。

（おまけに、誰かに玉を盗《と》られた証《あかし》はないんだ。小鬼が玉を、持って出ただけかもしれないもの。妖達が巾着から出たのは、如月屋じゃなく、長崎屋から帰る途中の、舟の中って事もあり得る）

ただ、巾着からは財布も消えていた。

（あんなもの、小鬼は持って行かないよね。ああ、変だ）

どうして、こんな成り行きになったのか。困った若だんなは、小鬼たちが消えた巾着を前に、寸の間黙り込んでしまった。すると妖の屏風のぞきが、横から気軽に要らぬことを言い、更に事がややこしくなっていく。

「巾着が出てきたのに、ちっとも事が片付かないっていうか、どんどん悩みが繋《つな》がっていくというか。まるで場久の語る、悪夢みたいだね」

如月屋が、片眉を引き上げる。

「はて、若だんな。片付かない事があるとは、どういうことなのでしょうか。今日は実は、その巾着以外の事で、おいでになったんですか？」

妖の言葉が、人並から、いささか外れるのは、いつものことだ。しかし拙《まず》いことに、屛風のぞきは今、長崎屋の奉公人の姿をしている。だから人は屛風のぞきの言葉の内から、意味を探ってしまうのだ。

するとここで、若だんなを助けようとしたのか、金次が口を開き、事を更にややこしくした。

「如月屋さん、若だんなは、親しい三春屋の悩みを聞いて、考え込んじまってるんですよ。でもそいつは、如月屋さんへ話してもいいことじゃ、ないんだな」

「こ、これっ、金次っ」

そんな言い方をしたら、三春屋が縁談について、そっと相談してきたことを、間抜けにも相手の如月屋へ、伝えてしまうことになる。

（ど、どうしよう。なんと言って、この場を収めたら良いのやら）

若だんなは困って、顔を強《こわ》ばらせた。しかも、このまま黙っていると、妖達が若だんなを心配し、更に奇妙なことを言い出しかねない。

（でも、何も思いつかない。どうしたらいいんだか……）

部屋は静まり、しばし、不思議な緊張に包まれていった。

するとだ。そのとき思わぬ事が起きた。如月屋が、突然両の手を畳に突き、頭を下げてきたのだ。そして三春屋さんには申し訳ないことをしたと、強ばった顔で言ってきた。

「へっ?」

屏風のぞきが、間の抜けた声を出したが、若だんなは妖の膝《ひざ》を打ち、今度こそ、その言葉を止める。すると如月屋は、いささか苦しげな顔で、端《はな》から隠し事をするつもりではなかったと、言葉を継いだ。

「ただ、正面から話すのが辛《つら》かったんです。だから兄が、栄吉さんへ話してくれた筈と思って、こちらからは言いませんでした。縁談が調ってから、誰も伝えていないと分かったのですが、今更言いづらくて……」

それで、三春屋さんを悩ませてしまったようだと、如月屋は語ってくる。しかし、若だんなも妖達も、さっぱり事情を摑《つか》めなかったので、そのまま皆、ただ如月屋の話を聞いていた。

「この近所の者なら、事情を承知の者も多い。三春屋さん、噂を摑んだのですね」

如月屋は得心すると、堰《せき》を切ったように、一人語っていった。

「ええ、お多真は、この如月屋のおかみが産んだ娘では、ございません。婿入りする前から、手前と縁がありましたおなごの、子でございます」

如月屋は元々、お多真の母である娘と、夫婦になる約束をしていたのだ。ところが、何故だか如月屋の跡取り娘に惚《ほ》れられ、恋心ゆえにその娘が寝付いてしまったものだから、話がややこしくなった。

「心配した如月屋の縁者が、お多真の母となる娘の親との間に入って、話を付けちまったんです。気がついた時は、お多真の母親は、自分の親と一緒に、どこかへ移ってしまってました」

娘が生まれていたと知ったのは、色々あった末、如月屋へと婿入りして、随分たった後のことだ。今の妻も承知の上で、娘の暮らしは助けてきたが、お多真の母親は大分前に、祖父母も先年、流行病《はやりやまい》で亡《な》くなったという。

「それで、うちから嫁入りさせることになり、お多真を引き取ったのです」

他に三人の子がいるのに、如月屋のおかみは、お多真に良くしてくれている。ただ、それでもだ。

「この家の財は、如月屋のもの。親戚の目もありますから、入り婿の私が、他で成した子のため、勝手に使う訳にはいかないんです」

嫁入り道具などは買ってやれるが、お多真へ持参金を付けることは、無理であった。

となると、いつも付き合いのある大店へ、嫁に出すのは難しい。

「困って、兄に相談をしました。そうしましたら、婿として栄吉さんはどうかと、言ってきたんですよ」

栄吉はきちんとした男で、情があるという。跡を継ぐ三春屋は小さな店だが、売れる品を出しており、先々も安泰だと安野屋は考えていた。

「三春屋さんと話をしたところ、持参金はなくても済みそうで、安心しました。それで、早々に縁組みが決まったのです」

ただ、お多真は外で生まれた子だと、言いにくいことを話さず、自分はまたしても逃げてしまったと、如月屋はうなだれる。

「三春屋さんへもう一度伺い、きちんと話をさせて頂きます」

水を掛けられた後、如月屋のおかみが、長崎屋へ謝りに来ていなかった訳を知り、若だんなは息を吐いた。

(何と、それでお多真さん、如月屋さんと、寺参りをしたことがなかったんだ)

若だんなはようよう、納得する。

(でもお多真さんが、安野屋さんの姪御であることは、変わりがない。三春屋さんは、この話を気に病んだりしないだろう)

一度嫁にすると決めた相手なのだ、栄吉はちゃんと大切にする気がする。蒼玉を探しに来たら、三春屋の悩みが先に片付いたわけで、若だんなは一つ、ほっと息をついた。

だが。

(私達はまだ、困ってるよね)

話がこうまとまると、そろそろ如月屋へ暇を告げねばならない。だが蒼玉と鳴家は、見つかっていなかった。若だんなが如月屋へ顔を見せても、妖達から姿を現してくることは、なかったのだ。

(如月屋さんには、いないのかしら。でも巾着は、店にあったのに)

それでも店に居続ける訳にはいかず、若だんなは挨拶をしようと、顔を上げた。するとそのときだ。大きな声が、店の奥から聞こえてきた。長崎屋の皆が、一斉に声のする方を向いた時、更に驚くことが起きた。奥から外廊下に、何かが飛んできたのだ。

それは柱に当たり、ごんと音を立てて跳ねると、若だんなの顔をかすめた。そして、屏風のぞきにぶつかると、「ぎゃっ」と言わせて、畳に転がる。

「何なんだ、痛てぇ」

ぼやいたのは、もちろん妖であった。なのに、ここでいきなり顔色が蒼くなり、寸の間立てなくなったのは、若だんなの方であった。

5

その後、しばしの間、若だんなは絞った手ぬぐいを額に当て、茶のお代わりを貰って、如月屋で休んでいた。部屋内を飛び、若だんなの顔色を蒼くしたのは、お椀《わん》の蓋《ふた》であった。

「若だんな、二度もご迷惑をお掛けするとは……お詫びの仕様もございません」

「いえ如月屋さん、こちらこそ、急に調子が悪くなり、ご迷惑をお掛けしました。蓋がかすめたくらいで目眩《めまい》を覚えるなど、お恥ずかしい」

如月屋が怖い顔を向けたからか、部屋へ謝りに来た二人の娘も、また頭を下げる。片方はお多真で、年若い方の娘は、妹に当たるお美津《みつ》だという。

「二人は、喧嘩《けんか》をしていたようで。椀を投げるなど、年頃の娘が、情けないことです」

するとこの時、奥から細身の女の人が現れ、若だんなの前へ座った。そして如月屋のおかみだと名乗ると、きちんと頭を下げてから、こう問うてきたのだ。

「若だんな、聞けば娘達が諍《いさか》いをした訳は、若だんなが探しに来られた、巾着でございました。亭主が持ち帰った後、帳場に置かれていたのを、お美津は見たんです。それは綺麗《きれい》で、高そうな玉が入っていたと言います」

お美津は、父の如月屋がお多真へ、玉を買ったのかと問うたようだ。お多真は、玉は自分のものではないと言ったらしい。

「お美津は、ならば玉は、自分が貰うと申しました。ところが、先程帳場へ見に行くと、巾着の中身が消えていたとか」

お美津は、お多真が奪ったと言い、二人は喧嘩になった。それで終《しま》いには、汁粉が入っていた椀の蓋を、投げつける喧嘩になってしまったのだ。

とにかく、蒼玉は如月屋で消えてしまった。おかみが真っ直ぐに、若だんなを見つめてくる。

「あの、探してはみます。ですがもし、見つからなかった場合、お金で事を済ませては頂けないでしょうか」

すると、遠慮という言葉を気にしない屏風のぞきが、横からさっさと返事をする。

「おかみさん、中にあった玉は蒼玉と言って、若だんなの大事な品だ。無くなっちゃ困るから、こうして探しに来たわけでして」

「もちろん、そうでしょうが」

するとここで金次が、言わなくても良いことを口にした。あの蒼玉は、大店が一軒買える程高直な、外《と》つ国の品だと漏らしたのだ。如月屋が大いに慌て、今まで喧嘩をしていた娘二人は、顔を見合わせてしまった。

如月屋が娘達へ、もう一度確かめにかかる。

「お多真、お美津、思い出しておくれ。喧嘩の元になった玉を、最後に見たのはどこだ?」

するとお美津は短く、帳場とつぶやいた。一方、お多真は困った顔で口を開く。

「おとっつぁん、私は蒼い玉など知りません。だから今も巾着の中にあると、思うんですけど」

「いや、さっきおとっつぁんが、帳場にあった巾着を手にした時、中にはちり紙と手ぬぐいしか入ってなかったよ。硬い玉が入っていたら、直ぐに分かったはずだ」

その言葉を聞き、屏風のぞきが戸惑いの声を上げる。

「巾着は取り戻したのに、蒼玉が消えてしまったか。やっぱりすっきり終わらなかったな」

「若だんな、今日は一つ事が済むと、直ぐに頭を抱えるようなことが、湧《わ》いて出るねえ」

金次は苦笑を浮かべている。さてこれからどう動くべきか、若だんなは考え込んでしまった。

するとここで、真っ先に事を決めたのは、おかみであった。これは如月屋の一大事であると、おかみは言い切った。

「何としても、その蒼玉を取り戻さなくては。主と奉公人達で、店と寝起きをする場所を、全《すべ》て調べてもらいます」

それで若だんなは、自分達がいる部屋から調べて貰うことにし、長崎屋の持ち物まで全てあらためてもらった。勿論何も出なかったので、その後如月屋の面々は、如月屋全てを調べに向かった。

客である長崎屋の皆は、余所《よそ》の家の事に手出しは出来ない。だから通された部屋で、大人しく調べの結果を待つことになった。

(ただし、影内に入れる妖達は、別だけど)

部屋に、長崎屋の者だけが残されると、影内からまず、おしろと鈴彦姫が声を上げてきた。

「若だんな、妙な成り行きに、なっちまいましたね」

おしろが言えば、鈴彦姫も頷く。

「巾着があったって事は、とにかく小鬼と蒼玉は、この店に来たって事ですよね？」

なのに妖二人が探しても、まだ小鬼達が見つからないという。

「蒼玉を抱えた小鬼が巾着から逃げだし、迷子になったのかね」

屏風のぞきはそう言ったが、証はない。若だんなは首を傾げ、今日、小鬼達に何が起きていたか、思い出したことを口にしていった。

「まず、私が長崎屋へ帰ってきた時、蒼玉と鳴家が店表まで出てきたんで、咄嗟《とっさ》に巾着へ入れた」

どちらもあの時は大人しく、袋に入っていたのだ。場久が次に語った。

「今日、若だんなは横手の土間で、盥の水を頭から被りました。で、鳴家達を入れた巾着を、土間脇に置いたままにした」

「あの巾着、このおしろや鈴彦姫が、両国で買った品でした。可愛い柄だったんで、如月屋さんが娘のものと思って、持って帰ってしまった」

長崎屋に、若い娘は居ないからだ。如月屋はその巾着を、店の帳場に置いたと、鈴彦姫がその後を繋いだ。

「お多真さんの巾着だと思ったんですから、娘へ、巾着を持って帰ったと言ったんでしょう。で、それを耳にしたお美津さんは、不満を抱えた」

金次が、にやりと笑う。

「きっと、お美津さんは、父親がお多真だけに何か買ったと思って、巾着を覗《のぞ》いてみたんだな」

そうしたら、思わぬほど立派な玉が入っていたのだ。

「あのお美津という娘、腹を立てたに違いないよ」

お多真は腹違いの姉で、持参金はなしという約束で、如月屋から嫁にゆくと決まっていたのだ。それなのに、お美津が見たことも無いほど高そうな品を、こっそり父親から貰っていた。

「だからかね、自分が蒼玉を貰うと言ったんだな」

妖達が、揃《しか》って頷く。そして……巾着を見てみたら、蒼玉が無くなっていたのだ。

場久が顔を顰める。

「鳴家は人には見えないから、袋を覗かれた時、蒼玉と一緒にいたんでしょう。お美津さんに驚いて、玉と一緒に逃げたのかも」

若だんなが、眉根を寄せた。

「それはどうかな。私は小鬼が蒼玉と一緒に、どこかへ連れて行かれちゃったと思う」

「若だんな、誰かが蒼玉を、盗ったってことか？　どうしてそう思うんだ？」

屛風のぞきが問うと、若だんなは、無くなった財布のことを口にする。小鬼は財布を、盗ったりしないのだ。

「つまり財布を手にした者がいて、今もそれを黙ってるんだ。なら、財布を巾着から取り出した時、蒼玉も一緒に盗ったかもしれない」

鳴家は魂消《たまげ》ただろうが、蒼玉を一人にはしないだろう。一緒に行って、後から蒼玉と、逃げだす気であったのかもしれない。

「上手く逃げたようには、思えないけど」

金次が頭を掻《か》いた。

「あの蒼玉一つ上手く売れれば、店の主になれそうだからなぁ。ただ、そのことに気がつく奴は、少ない気もするんだけどね」

例えばお美津は、綺麗な玉を見つけ、お多真だけが貰えて依怙贔屓《えこひいき》だと、腹を立てはいた。しかしあれが、一財産だとは思っていないに違いない。でなければ、簡単に玉を貰うなどと、言うはずもなかった。

この時、場久が急に胸を張った。そして、自慢げに語り出した。

「若だんな、場久は思いつきました。なら盗ったのは、帳場に入ってもおかしくない、奉公人の誰かです。影の内から、二階の寝間を探ってみましょうか？　奉公人の荷物があるのは、そこです」

あとは、通いの番頭が住む長屋くらいで、奉公人の持ち物を探す所は限られる。

「もしかしたら、さ。あたしらが探さなくったって、じき、如月屋の誰かが、蒼玉を見つけ出すかもしれませんね」

妖達は、ならば手間が省けると、揃って頷いた。だが、その結末を思い浮かべた途端、若だんなは、またしても頭を抱えてしまった。

「ああ、拙い。そうやって、蒼玉を盗んだ者がいると分かるのは、大いに拙いよっ」

「若だんな、何でです？」

猫姿のおしろが真剣に問うので、若だんなは抱き上げてから答える。

「あの蒼玉が、いかに高いか言ったよね。それを盗んだ者が、皆の前で見つかったら、同心の旦那を呼ぶしかなくなる」

江戸では十両盗んだら、首が飛ぶと言われているのだ。蒼玉を盗ったとなったら、間違いなく重い罪となる。

「巾着が帳場にあったから、蒼玉を盗んだ者が出たんだ。で、その巾着を、長崎屋から如月屋へ持ってきたのは、ご主人だ。そして、如月屋さんがなぜ長崎屋へ来たかと言うと、お多真さんが栄吉と、縁組みする事になったからだ」

つまり。もし蒼玉の事で、如月屋から盗人が出る事になったら、お多真と栄吉の縁談は、どうなるか分からない。

「いや、破談になる気がする」

妖達は一斉に、首を傾げた。

「何で？　栄吉さんもお多真さんも、悪い事、何もしてないぞ」

だから大丈夫、何も心配ない。妖達は自信満々な顔で、そう言い切ってくる。だが若だんなは、今回ばかりは何としても、その考えに頷くことは出来なかった。

奉公人から泥棒が出れば、お店に傷がつく。如月屋のおかみは、お多真を引き取ったことを、後悔しそうであった。嫁入り道具への支払いすら、反対されても驚かない。

「つまりどう考えても、栄吉の縁談は危ういんだ」

本当だと繰り返すと、妖達は渋々と納得し、人というのは、奇妙な生き物だと口にする。

「若だんな、じゃあ、これからどうしたらいいんだ？」

財布が失せているのだ。盗人がいる事は、もう如月屋には隠せない。それに、蒼玉や鳴家も放っておけない。屏風のぞきが眉尻《まゆじり》を下げた。

「おまけに、栄吉さんのことも考えるとなると、動きが取れないぞ」

すると、いっそ栄吉の縁談だけでも諦《あきら》めてはどうかと、場久が言い出す。

「栄吉さん、前にも縁談が駄目になってましたよね？　なら、今度も諦めちゃどうでしょう。ずっと一人のままも、いいもんです」

「みんな、栄吉に独り暮らしを勧めないで」

このままでは本当に、友の縁談が駄目になるかもしれない。若だんなは気合いを入れなおし、この先どう動くか、必死に考え始めた。これまでの十ヶ月が、急に酷《ひど》く暢《のん》気《き》な、夢物語のような毎日だったと思えてきた。

6

神田の南、堀川沿いにある長屋に、珍しくも、初めての客が現れた。

奉公人の格好をした男二人で、襤褸《ぼろ》を着た案山子のような男と、同じ着物を着ているのに、派手に見える兄さんだ。二人は、金次と風野を名乗ると、井戸近くで、洗濯物を干していたおかみ達に、如月屋の番頭徳兵衛《とくべえ》の部屋を問うた。

「あたしらは、如月屋さんと縁のあるお店、長崎屋の奉公人でして。主の物を、徳兵衛さんから受け取りにきたんですが」

如月屋へ顔を出したところ、間が悪く、番頭は自分の長屋へ一時、帰ったと言われたのだ。

「それで、神田へ足を伸ばしたんです。徳兵衛さんは、おいででしょうか」

二人は頭を下げ、きちんと問うたのだが、井戸端の皆は困った顔になった。

「徳兵衛さん、珍しくも昼前に一度、長屋へ帰ってきた。けど、直ぐにお店へ戻ったよ」

「ありゃ、もしかして、あちこちに用があったんでしょうか」

ならば戸を開け放って、自分達が見えるようにしておくから、部屋の上がり端に座って、しばらく徳兵衛を待たせて貰えないだろうか。二人の奉公人が頼むと、井戸端のおかみが承知し、一人が勝手にさっと、近くの部屋の戸を開ける。長屋の付き合いは濃いから、まあ、そんなものであった。

金次達は丁寧に礼を言ってから、並んで上がり端に座ると、側《そば》に出来た影へ、ちらりと目を向けた。すると。

「部屋にある行李《こうり》、中を見てきますね」

かすかに聞こえてきた声は、おしろのものだ。金次達はその後小声で、話を始めた。

「しかし若だんなも、驚く手を考えたもんだ。強引に、番頭の長屋から蒼玉を取り戻して、後の始末は、如月屋さんに任せるって言うんだから」

如月屋にも利のある話だから、受けて貰えるだろうと、若だんなは言ったのだ。

若だんなはまず如月屋で、無くなった蒼玉を誰が持っているか、考えをきちんと伝えた。

一に、帳場に巾着を置き、その後、そこで無くなったのだから、奉公人が蒼玉を持ち出したようだと話した。

次に、あの玉の価値が分からないと、奉公を棒に振ってまで、盗むとも思えないと続けた。若だんなは、価値を見極められ、帳場に長くいた者として、番頭ではと口にしたのだ。

あの蒼玉は、大店が買える程の品だから、このままには出来ないことも伝えた。

そして更に、栄吉とお多真の縁談を守る為にも、大騒ぎにはしたくないとも、若だんなは話した。如月屋とて、奉公人が他店の物に手を出してしまったと、表に出るのは避けたい筈であった。

そう持って行って、若だんなは最後に、如月屋から番頭徳兵衛の住まいを、聞き出す事が出来た。屏風のぞきが、頭を掻く。

「ただ、その後で驚いた。如月屋が、番頭徳兵衛さんの長屋を教えてきたら、若だんなは本当に自分で、長屋へ行こうとしたんだから」

時々無茶の塊になる若だんなを、妖達が慌てて止めたのだ。

大店の若だんなが、ろくに知らない番頭を訪ねたら目立つし、ここのところ若だんなは、不意に調子を崩す時がある。勝手に行かせたら、後で兄や達が怒ること、必定であった。

「長崎屋の用を装《よそお》って、長屋を訪ねる気なら、奉公人が行かなきゃ駄目だ。そう言ったんだけど、納得させるのが大変だった」

自分も役に立ちたいと、若だんなは時々、引かなくなるのだ。よって金次は若だんなに、今日、別の用を頼んでいた。

如月屋が、蒼玉の件で、番頭徳兵衛に説教をする時、徳兵衛が本心謝るか見極める為、若だんなが如月屋に居ることが、必要だと言ったのだ。そしてその間に金次達は、徳兵衛の長屋へ、蒼玉達を連れ戻しにきたわけだ。

「番頭の徳兵衛は今、如月屋で主の前にいる。だから、長屋へ来ることはないんだ」

ゆっくりと部屋内を探し、後は当人が戻ってこないからと、帰れば良かった。

「蒼玉を取り上げられ、叱られれば、徳兵衛さん、憑《つ》きものが落ちたみたいになるだろうって、若だんなは言ってたよ。番頭として、またいつもの毎日に戻るだろうってさ」

甘い収め方だが、それが一番、騒動にならないと、如月屋も納得したのだ。

徳兵衛は感謝するべきと、金次が口にした。悪いと承知の事に、あえて手を染めると、気がつかない内に、獏が食べているような悪夢に、取り込まれかねない。

「きゅい、きゅい」

ここで長屋の内に、いつもの声が聞こえてきた。妖二人は目を見合わせると、共に、にやっと笑う。

「ああ、若だんなは鋭かったな。やっぱり徳兵衛の長屋に、蒼玉や小鬼がいたんだ」

直ぐに、影内からおしろの手が現れ、蒼玉を手にした鳴家を、金次の袖内《そでうち》へそっと入れてくる。

「小鬼はこの長屋へ連れてこられて、迷子になったんですよ。行李から出ても、どこへ行ったらいいのか分からず、蒼玉とここにいたみたいです。長崎屋までは、そんなに遠くはないいんですけどね」

「ありゃりゃ」

奉公人二人は頷いたが、来たばかりだからと、今少し部屋にいた。屏風のぞきにはまだ、話したいことが残っていたのだ。

「でもさ、若だんなが話の始末を持って行った相手が、如月屋のご主人じゃなくて、おかみだったってぇのには、驚いた」

妖達にはおかみが、店のことに興味があるとは思えなかった。その上、栄吉の相手、なさぬ仲のお多真と、上手くいってるようにも見えない。話し方も強いおかみに、お多真は遠慮しているように思えた。

ところが若だんなは、如月屋が一大事になったとき、決断をするのは主でなく、おかみの方だと言った。すると貧乏神は、しばし考え、やがて頷いたのだ。

「ご主人の如月屋さんだが、もし、店が潰《つぶ》れそうになったら、程なく、諦めるかもしれない。そうしたら家付き娘のおかみは、多分ご主人を離縁し、店を取り戻して己で守る。若だんなは、そう話してたが……当たっていると思う」

つまり、あの店で真に強いのは、おかみの方なのだ。金次が口の端を引き上げる。

「そこが分かるなんて、若だんな、大きくなったもんだ。十ヶ月前には、這《は》い這いしてたのになぁ」

貧乏神が、感じ入ったようにつぶやくと、屏風のぞきは笑ってしまう。

「それをここで聞くと、何か……妙な話に聞こえるよ」

とにかく蒼玉達は取り戻したと言い、屏風のぞきは、ほっと息をついた。

「やっと今度こそ、片づいたね。ここんとこ、一つ事を済ませると、別の件が湧いて出てた。また何か起きるんじゃないかって、ちょいと心配してたんだ」

では、そろそろ帰りますかと、影内からおしろの声が聞こえる。すると。

その時、金次達は浮き上がるように立ち上がったのだ。だが、それは帰る為ではなかった。

「止まりなさいっ」

何故だか長屋に、おなごの大きな声が聞こえてきたからだ。そして足音が幾つも、近づいてきていた。

「何事だい？」

二人が徳兵衛の長屋から出ると、井戸端に集っていたおかみ達も皆、声がした方へ顔を向けている。するとじき、角から男が姿を現し、妖達は魂消る事になった。

「あの男、如月屋にいた奉公人だ。じゃ、あれが徳兵衛だよな」

何だって必死に走っているのか、妖達には分からない。おまけにだ。

「とんでもないこった、若だんなまで後ろから駆けてくるよ。どうしてこの長屋へ来たのやら」

今頃は如月屋にいると、屏風のぞき達は思っていたのだ。ここで若だんなは、長屋へ駆け込んだ徳兵衛へ、大きな声を向けた。

「止まって！　徳兵衛さん、何でこんな事になるのかな」

「ありゃ、やっぱり今度も、すんなり終わらなかったか。如月屋で、考えの他のことが起きたみたいだ」

顔つきが怖かったからか、近所の皆は、長屋へ駆け込んできた徳兵衛に、声も掛けずにいる。番頭が己の部屋へ飛び込むと、若だんなは、長屋の入り口にある木戸で足を止め、大きく肩で息をした。

その様子を見て、屏風のぞきが眉を顰《ひそ》める。

「こりゃ拙い。若だんなはここしばらく、何となく調子が悪いんだ。ほら、ふらふらだよ。倒れたらどうするんだ！」

金次と二人、慌てて若だんなへ駆け寄った所、徳兵衛の部屋から、悲鳴のような声が上がった。

「ないっ、蒼い玉がないっ。誰が持ってったんだ。おれのもんだっ」

悪夢から覚め、心を入れ替えるはずの徳兵衛が、玉を求め、部屋内でわめいている。屏風のぞきが真剣な口調で、徳兵衛に問いを向けた。

「おーいっ、わめいてるあんた、如月屋の徳兵衛さんだろ？　如月屋で心を入れ替え、大いに真面目になって、元のように働くんじゃなかったのか？」

すると、返答があるとは思えなかったのに、徳兵衛は長屋から飛び出ると、言葉を返してきた。いや、己の不満を声にし、何故だか屏風のぞき達ではなく若だんなへ、ぶつけてきたのだ。

「うるせえっ、慈悲深そうな得意顔で、勝手に人の明日を決めてんじゃねえっ。おれはな、あの蒼い玉を持って西へ行き、居抜きで店を買うんだ！」

巾着の中を見た時、蒼い玉は、己の明日が変えられる程高い品だと、直ぐに分かったという。そして徳兵衛は、迷ったりしなかったのだ。

「この機会を逃したら、もう夢を叶《かな》える日は来ないからな」

それは確かだという。

「如月屋は裕福だが、子供が何人もいる。番頭にまで暖簾《のれん》分けする程の余裕はねえ。番頭なら百も承知だ」

ならば今日、主の叱責《しっせき》を受け入れ、店へ戻ったとしても、今までと同じ日は戻って来ない。徳兵衛はそう言うと、じりじりと若だんなへ近づいてきた。

「今のおれは、あの蒼い玉があれば、如月屋を出て、店主になれると知っちまっている。この機会を失ったら、死ぬまで必ず後悔すると、分かってる」

今日、無茶を承知で蒼玉を手に入れ、上方へ逃げることが出来たら、後悔だけはしない。徳兵衛には、分かっているというのだ。

「たとえ、この後、同心の旦那にとっ捕まる日が来ても、だ」

同心に捕まると聞いて、長屋のおかみ達が、ざわりと声を上げた。

「こ、この怖い男は誰なんだ。あたしらの知ってる徳兵衛さんと、同じ人とも思えないよっ」

他の部屋からも人が出てきて、長屋の皆が騒ぎ出す。徳兵衛が、若だんな達へ更に近づきつつ、問うてきた。

「お前さん達は、あの玉を取り戻しに来たんだろ？」

人生をやり直せる、手妻《てづま》のような玉は、誰もが欲しがる筈だという。

「そして、長屋から玉が無くなってる。行李の中に無いんだ。なぁ若だんな、返してくれよ。あれはもう、おれのものなんだよ」

何故、後ろから走ってきた若だんなが、長屋にあった玉を、手にしたと思ったのか。

徳兵衛が更に近づいて来た時、長屋へもう一人、駆け込んできた者がいた。

先程大声を出していた、如月屋のおかみであった。走ってきた為か、息を弾ませつつ、おかみは徳兵衛へきつい目を向ける。

「徳兵衛、あたしの説教の途中で、店から飛び出るなんて、どうしちまったんだい。直ぐ若だんなへ謝って、如月屋へ帰りなさい」

ここに至っても、おかみは徳兵衛へ、店へ帰るよう言ってくれたのだ。やり直せる機会が、目の前にあった。

若だんなが、迷いつつも口を開く。

「あのさ、徳兵衛さん。昨日までの毎日に戻りなよ。後悔と一緒に、毎日を過ごしたっていいじゃないか。しまったと思う事くらい、皆、山と抱えて生きてるもんだ」

徳兵衛が両の眉尻を下げ、口元を歪《ゆが》めたようだった。何か言う気がして、若だんなは寸の間、黙って見つめた。すると。

徳兵衛はふと振り返り、若だんなではなく、如月屋のおかみの方へ、いきなり突き進んだのだ。ひゅっと、声にならない息を漏らし、おかみが立ちすくむ。逃げることは無理に見えた。

その時。

若だんなは側の長屋へ飛び込み、開いていた戸の横にあった、心張り棒を手にした。それを素早く、槍《やり》のように肩の上で構えると、両国で剣の師匠から教えられた通りに、真っ直ぐ徳兵衛の背へ投げつけたのだ。

どっという鈍い音と共に、背の真ん中に棒が当たり、徳兵衛はおかみの前で地に転がった。

その間におかみが、若だんな達の方へ、素早く逃げてくる。徳兵衛はじき、身を起こしたが、駆け去るおかみへ目を向け、首を振った。

そして、それでも何とか立ち上がると、徳兵衛は長屋からまた走り出した。今度は表の道を、目指しているように思えた。

直ぐに角を曲がると、番頭はそれきり姿を消してしまった。

7

長崎屋の離れへ、若だんなと妖達が戻ってきた。蒼玉と小鬼も一緒で、やっといつもの部屋に落ち着くと、他の鳴家達も出てきて、一緒にころころと転がっている。

「今日は、忙しい一日だったね」

若だんなは両国で、妖達と、一日中遊んでいたことはある。だが今日は用件続きだったから、何とも草臥《くたび》れた気がした。

「今日、長崎屋へ帰ってきたばかりなんて、信じられないや」

栄吉の縁談を知ったり、蒼玉と小鬼を失い、取り戻したり、色々あった日だった。

そして、以前であれば、大騒ぎ間違いなしなのに、今日の仁吉は落ち着いた様子で茶を淹《い》れ、徳兵衛がどうなったのか問うてきた。

（この十ヶ月で、私の他出に慣れてたからかな）

若だんなは、屛風のぞき達と目を見合わせてから、用心深く答えた。

「あのね、徳兵衛さんはあの後、如月屋へ戻らないでいるみたいだ」

少なくとも、如月屋のおかみを送っていった時、店に徳兵衛はいなかった。金次がここで横から口を出し、あの番頭は、江戸から去るだろうと言った。

「蒼玉達が入っていた巾着には、若だんなの財布も入ってただろ？　あれが無くなったままだから、そう思う」

徳兵衛は人の金を、自分のものにしたのだ。

「両国で遊んだ金の、残りだよね。十両以上はあったかな」

ならば旅の支度を購い、当人が望んでいた上方へ行っても、まだ半分くらいは残るだろう。もっと近い場所へ落ち着けば、更に残る。

「徳兵衛さんは、自分で商いをしたかったようだ。なら、残りの金を元手に、小商いをやってみりゃいいのさ」

金次が手を出さずとも、新しく始めた商いはどんどん潰れ、十に一つも残らないと、貧乏神は怖い事を言う。だが、小遣いは諦めると若だんなが言っているので、徳兵衛はある意味今回、好機を得たのだ。

「如月屋だって、身内から盗人が出た件を、表に出さずに済んだ。あの怖い番頭が辞めて、良かったんじゃないかな」

すると、だらけた格好で座り込んだ、屏風のぞきも言う。

「三春屋さんも、幸運だ。栄吉さんが無事婚礼を挙げられそうで、ほっとしてるよ」

「蒼玉と小鬼も、無事帰ってきたし、長崎屋にも運があったな。とにかく今度こそ、事が収まったわけだ」

若だんなもようよう、ほっとしたと笑う。

「さっき、調子が良くなったと言って、母屋《おもや》へ顔を出したんだ、そうしたらおとっつぁんが、喜んでくれた。そしてやっぱり今日、帰宅の祝いをしようと言ってたよ」

今度こそ内々の者だけで、栄吉にも声は掛けないという事であった。栄吉も、今日はこれ以上、用がない方が良かろうと、若だんなも頷く。

「皆でご馳走《ちそう》を食べよう。離れにも、たっぷり運んでもらうからね」

「きゅいきゅい」

小鬼が真っ先に返事をし、妖達が笑う。

だが。その時、若だんながくしゃみをしたものだから、皆の動きが、ぴたりと止まった。

「若だんな、やっと祝いの席が、開かれることになったんだ。決まった途端、熱、出したりしないよな？」

「金次、そんな訳、ないじゃないか」

「でも……でもね、おしろは心配です」

そう言われた途端、またくしゃみが続いたものだから、佐助がすっと立ち上がる。若だんなは、もの凄く慌てた。

「何でも無いから。佐助、布団を敷いたりしないでね。今日は……」

佐助が黙って、分厚い綿入れを掛けてきたので、若だんなは大人しく着た。そして、今日ばかりは何事も起きませんようにと、そっと天に祈ったのだ。

（あれ、無事なのは今日だけ？　じゃあ、明日からは？）

病がまた、毎日に入り込んでくるとでも、言うのだろうか。一つ、心に引っかかって、ぶるりと頭を振った。

これからも

1

江戸は通町《とおりちょう》にある廻船問屋《かいせんどんや》兼薬種問屋《やくしゅ》、長崎屋《ながさきや》の若だんなは、縁のある妖《あやかし》達や兄《にい》やと一緒に、店近くの道を歩いていた。

療養の日々から長崎屋へ帰ってきた後、若だんなは、またも寝付いた。だが、これまでのところ、前より早く、床を払う事が出来ている。

「きっと、強くなってるんだ」

妖達はそう言い、めでたいから夕餉《ゆうげ》はご馳走《ちそう》にしようとねだってきた。すると金次《きんじ》が、祝いなら羊羹《ようかん》が欲しいと口にしたので、皆で金次贔屓《ひいき》の店へ出かけたのだ。

金次は貧乏神だが、羊羹の美味《うま》い菓子屋、奈津屋《なつや》のことは、決して祟《たた》ったりしなかった。

「店が潰《つぶ》れたら、この羊羹が食べられなくなるからな。そうなったら一大事だ」

「きゅい、食べられないの、駄目。たいへん」

「ただなぁ、店ってぇのは時々、祟りもしないのに、潰れるから厄介だよ」

すると付喪神《つくもがみ》や猫又《ねこまた》が、人がやっている店は、まめに変わってしまうと頷《うなず》いている。寿命が定まっていない妖達から見ると、江戸にある店は、まさに飛ぶような早さで、開店したり、店じまいしたりするのだそうだ。

「何とも不思議だよねえ。若だんなも、そう思うだろ？」

「じゃあ屏風《びょうぶ》のぞきは、おじいさまが開いた長崎屋のこと、ついこの間、始めたみたいに思ってるの？」

「うん。だって、その通りだろ？」

若だんなは、苦笑を浮かべるしかなかった。妖達と暮らしていると、今日のようにひょんなところで、思わぬ不思議を見つける事になる。

「この十ヶ月だって、本当に、考えもしなかった毎日だったものな」

「きゅい、若だんな、不思議？　何？」

小鬼達が首を傾《かし》げ、若だんなを見てきたが、話は続かなかった。大声が辺りに響き、皆が道から端へ飛び退《の》いたので、兄やが若だんなを、急ぎ脇道《わきみち》に寄せたからだ。じき、周りの声が耳に届いてきた。

「刃物を持った男が、人を追いかけてるってよ」

「辻斬《つじぎ》りか？　それともただの喧嘩《けんか》か？」

声の方へ顔を向けると、深編み笠《がさ》を被《かぶ》った男が商人を追い、こちらへ駆けて来るのが見えた。通りには山のように人がいたが、男は、他の者には目を向けないし、刃物も抜いてはいない。それでか、誰も深編み笠の男を、止めずにいるのだ。

「でも、なんだか怖いよ。一度二人を落ち着かせて、話を聞けばいいのに」

若だんなは唇を引き結ぶと、何とか出来ないか、素早く考えた。ただ、兄やがさっと腕を摑《つか》んできたので、動けなくなる。

「我らは、若だんなをお守りします。刃物を持ってる男へ、無茶しちゃ駄目ですよ」

「なら佐助《さすけ》が、二人を止めてくれないかな。えっ、そっぽを向くの？　他の人の事は、頼んでも駄目なの？」

兄や達や妖らは、人から良いように使われる、手下ではないのだ。若だんなの為《ため》でないなら、騒ぎに口を出すことはしない。

「だけど」

若だんなが困っている間に、男と商人は、若だんな達の近くまでくる。そしてそのまま眼前を、通り過ぎるかと思われた。

ところが。

「おわっ、何をする気だ？」

屏風のぞきが声を上げた時、逃げていた商人は、反対側から来た大八車に手を掛けていた。そして、それこそ死に物狂いの顔で、車の梶《かじ》を引っ張り、大きな荷で、追ってくる深編み笠の足を止めようとした。

ところが横に振られた時、車に山と積まれていた、木箱の荷が崩れた。荷を結んでいた縄が緩むと、あっという間に片側へ傾ぐ。そして、車ごと若だんな達の方へ、ひっくり返ってきた。

「ひえっ」

「ぎゅべーっ」

「危ないっ」

傍らに、兄や達が居たというのに、間に合わなかった。若だんなや小鬼、金次や屏風のぞきまでが、一寸《ちょっと》の間に、木箱と大八車に押しつぶされていったのだ。

大きな声と悲鳴が、遠くに聞こえた気がしていた。羊羹が道ばたで潰れ、甘い匂《にお》いがしたように思えた。

2

頭と背と足を、重い木箱で打った。すると若だんなは、まるで以前に戻ったかのように、長崎屋の離れで寝込んでしまった。

そして今回こそ、早々に床上げすることは叶《かな》わなかった。咳《せ》き込み、熱を出し、それでも足りないかのように胃の腑《ふ》が痛んで、食べられなくなっていく。ずっと、病の玄人《くろうと》と言われるほどの病人だった。だから若だんなはこの後、自分がどういう日々を過ごすことになるのか、嫌と言うほどよく分かった。

(育ち直す前より、少しは強い体になれればって、願ってたけど)

どうやらそれは、無理な望みだったのだ。つまり。

(もう、兄や達に心配を掛けず、走り回ることは無理だろう)

この後、また剣術の稽古《けいこ》をしたいと言ったら、仁吉《にきち》も佐助も、困った顔をするに違いない。今までの十ヶ月と、今日からの毎日は、違うものになるのだ。

(剣術、習い続けたかったな。今度、起き上がれるのは、何時《いつ》になるのかしら)

「きゅんい？　若だんな、寝てるの？」

小鬼達が、久方ぶりに身を起こせなくなった若だんなの頬へ、小さな手を当ててくる。その手がひやりとして気持ちよく、若だんなは小鬼達を引き寄せ……一寸、泣き出しそうになった。

「きゅんい？」

だが、このとき目を見開くと、小鬼達を撫《な》でてから、若だんなは涙を押しとどめた。そして、表から聞こえてきた声の方を向き、眉《まゆ》を顰《ひそ》める。

「おしろ、今、母屋《おもや》から聞こえたの、おとっつぁんの声だよね？」

珍しくも藤兵衛《とうべえ》が、怒っているようだと分かった。何があったのかと、若だんなが床の内で首を傾げる。すると、おしろが小鬼を一匹手に取り、ぽんと母屋の方へ放り投げた。

「きょべーっ」

「旦那《だんな》様のこと、見てきて下さいな」

飛んでいった小鬼は、じき、三匹で帰ってきた。そして小さな胸を張り、大いに張り切って、若だんなへ母屋の一幕を、報告しようとしたのだ。だが。

「若だんな、寝付いてるって聞いたが、大丈夫かい？」

離れに新たな声が聞こえ、馴染《なじ》みの顔が、今日は店表の方から現れてきた。鳴家《やなり》達は、人には見えない妖だが、声は聞こえる。それで若だんなは小鬼達を布団《ふとん》に入れ、少し身を起こした。

「日限《ひぎり》の親分、お久しぶりです」

人の良い岡《おか》っ引《ぴ》きは返事の代わりに、何故《なぜ》だか情けなさそうな顔になって、縁側に腰を下ろしてくる。するとそこへ、母屋から仁吉と屏風のぞきが、茶と菓子を持ち、急ぎ離れへやってきた。

そして茶を出しつつ、仁吉は慰めるような顔を親分へ向けたのだ。

「親分さん、先程は主《あるじ》が声を荒らげまして、申し訳なかったです」

すると、その言葉を報告する気であったのか、小鬼達が布団の内でうめき、若だんなは魂消《たまげ》た。

「こほっ、おとっつぁんが、親分を怒ったの？　珍しい、何があったんですか？」

思わず問うと、仁吉は答えるよりもまず、綿入れを若だんなへ着せてくる。すると親分が、今、近在で起きている事について語りだした。

「今日、若だんなを巻き込んだ、深編み笠の男だが。あいつはこれまでに三回も、道で騒ぎを起こしてるんだ」

しかし笠を被っているので、誰も男の顔を見ておらず、捕まってもいない。今日も今日とて、大八車がひっくり返った騒動で、皆が慌《あわ》てふためいている間に、見事に逃げてしまった。

「それどころか、追われてた商人まで、どこかへ消えちまった。おかげでおれ達岡っ引きは、何で商人が追われてたのか、話を詳しく摑めていないんだ」

しかし深編み笠の男は、既に三回出没しており、それを何人かが見ている。それで、何とかしてくれと言われていたのだが、捕まえるどころか、深編み笠の名も分からない。そんな時、今日、若だんなが巻き込まれてしまったのだ。

「奉行所が、さっさと悪人を捕らえないから、若だんなや奉公人が怪我《けが》をした。藤兵衛旦那はそう言って、先程怖い顔になったんだよ」

面目ないと、日限の親分は溜息《ためいき》を漏らした。おまけにだ。

事を放っておくなら、この辺りの岡っ引き達は大店《おおだな》の主達から、金子《きんす》入りのおひねりを袖内《そでうち》に入れて貰《もら》えなくなる。藤兵衛はそういう怖い事を、親分へ言ったらしい。暮らしが懸かっている話だから、親分も必死のようであった。

「俺達岡っ引きは、逃げたりしないよ。ちゃんと深編み笠は捕らえる」

ただ、そのためには、だ。

「若だんなは今日、深編み笠を見たんだろ？　どんな奴《やつ》だったか、聞かせてくれないだろうか」

　どうやらそれで離れに来たと分かって、兄や達が顔を顰《しか》める。

「若だんなは今、熱があるんですよ。無理は禁物です」

「仁吉、ちょっと話すくらい、いいじゃないか。自分が誰と関わって怪我したのか、私も知りたいし」

　若だんながそう言ったので、親分が急ぎ、深編み笠について語ってゆく。

「最初にあいつが現れたのは、十日前のことだ。場所は、昌平橋《しょうへいばし》と神田橋御門《かんだばしごもん》に挟まれた所だったかな」

　このときも白昼から人を追って、それを見られているのだ。相手は何と武家で、見かけた振り売りによると、腰に刀を差しているのに、抜いて戦う事もせず、ただ逃げていたらしい。

「襲った深編み笠の男は、着流し姿だった。武家か町人かは、今も分からないんだ」

　刃物を持っていたが、脇差しなのか、町人も持つ長どすなのか知れなかった。ただ振り売りは遠目に、短めに見えたと言っていた。

「とにかく刃物を持った者が、道ばたで、人を追いかけてたんだ。怖いわな」

　振り売りは驚いて、一番近い木戸へ駆け込んだのだ。

しかし木戸番達と戻ってみると、追われた武家も、追っていた深編み笠の男も、姿が見えなくなっていた。死体どころか、怪我人も居なかったので、武家は無事逃げたのだろうと、皆安堵《あんど》した。

「大した事じゃ、なかったんだろうって話まで出て、事は終わったんだ」

だが深編み笠は、直《す》ぐまた姿を見せてきた。

「二度目は両国橋の南、隅田川沿いに現れた」

両国橋の辺りは、町人地となっているが、その南には武家地が広がっている。その時深編み笠が現れたのは、その境辺りで、両国の盛り場が近かったのに、たまたま人の通りが無かった。

事に気づいたのは、川を行き来する舟の船頭であった。岸へ目を向けたとき、おなごが、深編み笠の男に追われているのを見たのだ。

「舟から大声を出したが、どうにもならねえ。両国橋の船着き場へ着いた後、船頭は人を連れて、おなごと深編み笠の男を探しに行ったそうだ」

しかし岸近くに、二人の姿はなかった。その時も、誰も倒れていなかったので、おなごは逃げられたのだろうと、皆は引いた。

「次、深編み笠が現れたのは、上野の寺町だ」

その日、自分の寺近くにいた御坊《ごぼう》が首を傾げた。目の先の道に、若い奉公人風の男が歩いていたのだが、その少し後を、深編み笠を被った男が、つかず離れず進んでいたのだ。

他に人もいない中、二人がずっと離れずにいる様子が、御坊には何とも不思議なものに思えたという。それで御坊は、後ろにいた深編み笠の方へ、道に迷ったのかと声を掛けたらしい。

前を歩いていた若者も、振り返った。

「深編み笠は、迷ってはいないと答えた。だが、お気遣いはありがたいと、御坊へ、丁寧な言葉を返したそうだ」

そして気がつくと、受け答えの間に、前にいた若者は消えていたという。深編み笠はその後、走りだすでもなく道を歩み去った。

「しばらくして、御坊は地の岡っ引きと話すことがあり、深編み笠の話をしたそうだ」

その頃岡っ引きの間で、現れては消えた、二件の深編み笠の事が噂《うわさ》になっていた。よってその岡っ引きは、上野で見かけた深編み笠について、御坊に詳しく問うたのだ。御坊は一つ、思い出したことがあった。

「藍色《あいいろ》の着物を着ていたって言うんだ」

神田と両国に現れた深編み笠も、藍色の着物を着ていたと分かっている。若だんなを巻き込んだ深編み笠の着物も藍色だった。

「うちの旦那は、間違いない、同じ野郎だろうって言ってるよ」

その男は四人を追いかけ、騒ぎを起こしている。若だんな達長崎屋の皆は、それゆえ怪我をし、寝込むことになったのだ。

「おれ達岡っ引きは、藍色の着物を着た深編み笠の男を、捕らえなきゃならないんだ」

ただ、問題があった。最初襲われた武家と両国のおなご、上野にいた若者、それに通町を逃げていた商人までも、襲われた側は全《すべ》て消えてしまっている。誰も、襲われましたと、お上へ申し出ていないのだ。

日限の親分は、珍しくも両の手で頭を抱えた。

「深編み笠の件で、唯一《ゆいいつ》、とんでもない目に遭ったと分かっているのは、若だんなだけなんだよ。でも大八車を引っ張って、若だんなを巻き込んだのは、深編み笠じゃない。追われてた商人の方だ。斬られかけたって訴える者が、いない」

これでは深編み笠の男を見つけても、罪に問うことが、出来ないのではなかろうか。

「あいつをお白州へ引き出す時、どういう罪を犯したって言ゃぁいいんだ？」

深い溜息が、長崎屋の庭に消えていった。

3

日限の親分が帰ると、若だんなはまた寝床に横たわり、深編み笠の男のことを考え始めた。

何しろ寝過ぎて、眠気はない。胃の腑が痛いから、何も食べたくもない。おまけに熱は高いままで、正直、身を起こすのも辛《つら》かった。こうなったら横になったまま、考える事しかできないと、長年の経験で分かっている。

すると佐助が、またもや心配を重ねてきた。

「若だんなは、眉間《みけん》に皺《しわ》を寄せて、何を考えておいでなんですか。無理をすると、熱が高くなりますよ」

「佐助ぇ、考える事すら出来なくなったら、私は死人と変わらないよ」

途端、「きょげーっと小鬼達が騒ぎ出す。

「若だんな、死ぬの？」

兄やは慌てて、額は手ぬぐいで冷やすので、考えて下さいと言ってきた。若だんなが、深編み笠の正体を考えているだけだと言ったところ、離れに居た妖が口々に言う。

「確かに、深編み笠が誰だか知りたいよな」

仁吉も直ぐに頷いた。

「若だんなを寝込ませたあいつは、海を越えた天竺《てんじく》まで、蹴《け》り飛ばすべきです。野放しにしておくと、あいつはきっと、お江戸を滅ぼしてしまいます」

「きょべ、若だんなが死んじゃう」

若だんなは、人が一人で、江戸を滅ぼすのは無理だよと言ったのだが、兄や達も妖らも引かない。

「若だんな、日限の親分に任せておいたんじゃ、心許《こころもと》ない。我らが深編み笠を捕まえようや」

「けほっ、屏風のぞき、勝手に捕り物をしたら、親分に迷惑がかかるよ」

「我らがあいつを捕らえたら、手柄は、日限の親分に譲りゃいいさ」

親分は、拾った子を育てているから、たまには手柄が必要だと、妖達が言う。確かに子育ては大変だ。若だんながそう言って頷くと、何故だか皆で深編み笠を捕らえることに、決まってしまった。

「きょんい、鳴家、頑張る。だからお菓子、いるの。食べ損ねた羊羹、ほしー」

「えっ、また羊羹が買えるのか」

気がつくと、屏風のぞきの傍らに貧乏神が現れ、羊羹を駄目にした深編み笠を捕まえるのは、良い事だと言い出した。

「貧乏神の言う良い事って……ごほっ、どんなこと？」

「若だんな、ひんやりと面白いことさ」

金次はにたりと笑った後、直ぐに羊羹を買っていいか、兄やへ問うている。すると兄や達は、本気で深編み笠へ腹を立てているらしく、恐ろしく気前の良いことを妖達に言ったのだ。

「あの深編み笠を捕らえたら、酒も菓子も、ご馳走も、好きなだけ買っていいぞ。魚でも軍鶏《シャモ》肉でも、食べたい放題だ」

羊羹も、金次が抱えられるだけ買えばいいと言うので、離れがどよめいた。

「きゅわ、鳴家は良い子。頑張るっ」

「いいんですか？　そんな話をしたら、この辺の妖が長崎屋へ集まりますよ。お酒だって、大樽《おおだる》で飲みそうですけど」

「あれ？」

おしろが心配すると、佐助が破顔した。

「大丈夫だ。若だんなが何か欲しいと言った時の為に、我らは金子《きんす》を結構貯《た》めている」

川底に転がっている、誰かが落とした金を集め、妖のみが手にできる、奥山の生薬を売り、兄や達は大枚を用意していたのだ。ただ。

「しかし、旦那様やおかみさんも、それぞれ若だんな用の千両箱を置いてるんで、減らないのだ」

「えっ？ そんな千両箱があるの？」

若だんなが目を見開くと、藤兵衛は息子の気晴らしのため、一の蔵に一箱、用意しているという。すると湯治の時、その話を聞いた祖母のおぎんが、母、おたえ用の千両箱を送ってきたらしい。

「小遣いだと言って、おぎん様は千両箱に、金を詰め込んでいたそうです。一向に中身が減らないと、おたえ様がおっしゃってました」

若だんなは新しくなっていた布団を見て、大きく息を吐いた。

「そういうお金があるんなら、番頭さん達が分家する為に使えばいいのに」

「若だんな、分家用の金は、実はもう用意出来てます。長崎屋は、全国の妖達へ品物を卸し、益々儲《もう》けているんですよ」

「それも、知らなかった」

兄やが、今回は手持ち金を減らす好機だと言うと、妖らが大いに頷く。だが、一つ心配があると、守狐《もりぎつね》の一匹が口にした。

「深編み笠を探すのは、いいんですが」

襲われた方が消えるなど、今回の話は、何だか奇妙なところがある。もしかしたら深編み笠は妖ではないかと、仲間の狐が問うたというのだ。

だが、その問いには若だんなが、あっさり答えた。

「深編み笠は、通りで見た。あの男、妖じゃなかったよ」

「おお、若だんなが言うなら、確かです」

若だんなは祖母のおぎんから、妖の血は引いているが、何が出来る訳でもない。だが、ただ一つ、相手が妖かどうかは分かるのだ。

ならば、捕まえても困ることはない。離れの皆は張り切り、佐助が妖達に、一にやることを告げる。

「深編み笠を持ち、藍色の着物を着てる男を見つけたら、まず、長崎屋へ知らせてくれ」

　自分達妖の目からは誰も逃れられないと、離れの面々は大きく頷いた。

　深編み笠を見つけたという知らせは、若だんなの薬湯が減らない内に、離れへ飛び込んできた。知らせて来たのは、人に化けた守狐だ。

「神田の堀川沿いに、深編み笠が現れました。知り合いの河童《かっぱ》が跡を付けてます」

　見つけたのは河童の杉戸《すぎと》で、一番手柄のご褒美《ほうび》に、禰々子《ねねこ》と離れへ呑《の》みに来たいと、願っているらしい。離れが歓声で満ちた。

「よっしゃあっ。このこ日中から町へ出てきたんだ。この屏風のぞきが、とっ捕まえてやる」

　奉公人として、店に残っていた金次と屏風のぞきが、仕事を放り出し外へ飛び出していく。その後に、小鬼やおしろ達までが続いた。若だんなへ煎《せん》じ薬を持ってきた仁吉が、にやりと笑った。

「この調子なら今日中に、深編み笠を捕まえられそうですね」

　川の主、河童がこっちの味方だから、深編み笠は、舟で逃げることは出来ない。道は、数の多い妖達が塞《ふさ》ぐだろう。

「さて、思い切り蹴飛ばしたら、深編み笠は本当に、天竺まで飛ぶでしょうか」

「仁吉、蹴っちゃ駄目だよ。ごほっ、深編み笠が消えたら、日限の親分の手柄にすることが、出来なくなるじゃないか」

「若だんな、一回蹴飛ばしてみないと、どこまで飛ぶか、分からないと思いませんか」

仁吉は是非蹴飛ばしたいらしく、若だんなは深編み笠の明日を、案じることになった。

ところが、だ。寝床の中で妖らを待っている内、段々心配が首をもたげてくる。

「あれ、みんな、なかなか帰って来ないね。何かあったのかしら」

すると、若だんなを待たせるとはけしからんから、褒美のご馳走を減らすと、佐助が怖い事を言い始める。

「そ、それは大変、見て参ります」

庭のお稲荷《いなり》様に残っていた守狐が、慌てて神田へ様子を見に出かけた。すると程なく、何とも気落ちした様子の妖達を率いて、舟で帰ってきた。

「おや、みんな。一体どうしたんだ？　出かける時は、宴会をする気満々で、元気だったのに」

仁吉が驚いて片眉を引き上げた時、鳴家が若だんなの布団に入ってきて、お菓子が食べられないと、泣きべそをかき始める。

「おや、深編み笠を取り逃がしたの？　妖達が山と集まってた筈《はず》なのに、何で？」

驚いて問うと、猫又のおしろが疲れた顔で、事情を語り始めた。

「あたし達が舟で神田へ行き着くと、河童の杉戸が、ちゃんと深編み笠を見張ってました。あの男、大八車を倒した、商人を付けておりました」

妖達は深編み笠に逃げられないよう、まずは幾つかの道筋の木戸へ、仲間をやった。そうすれば、深編み笠がどこへ進んでも、捕らえることが出来ると思ったからだ。

「おお、真っ当な捕り物だ。守狐が仕切ったんだね。……でも、深編み笠は逃げたのか。さて、どうしたんだろ」

「きゅべー」

「若だんな、悔しいですっ」

おしろによると、妖達の計画は、途中で突然変わることになったのだ。深編み笠が追っていた商人が、付いてくる男に気がついたのか、突然駆け出したからだ。

「深編み笠も走りました。で、我らも一斉に後を追ったんです」

すると、大勢が急に駆け出したものだから、道を歩いていた者達が、何事かと騒ぎ出した。深編み笠が振り向き、追っていることを知られてしまったのだ。

「きょんげーっ」

するとと深編み笠は、何と商人を追うのを止め、変な方へ走り出した。そして近くにあった神社へ入り込んだと、屏風のぞきが顔を顰《しか》める。

「神社の境内には、お参りに来てる人も、多くいたんだ。深編み笠を、我らは一寸見失っちまった」

だが、笠という目印があったから、直ぐに何とか見付けて、追う事ができた。

するとと深編み笠は次に、道沿いにあった商家の土間を、勝手に突き抜けて行った。瀬戸物の店で、多くの荷が裏庭へと続く、広い土間に置かれていた。

「そんな所へ大勢で飛び込んだら、間違いなく瀬戸物を壊しちまうだろ？　だから我らは店横の細い道を通って跡を追ったんだ」

鳴家達が屋根から下を行く者達に、深編み笠が向かった方を示したから、皆、迷わずに追えた。

「きゅい、鳴家は賢い」

小鬼が胸を張る。おかげで妖達はじき、深編み笠に追いつきそうになった。

「するとと、だ。深編み笠の奴、今度は長屋へ駆け込んで行ったんだよ。あたしは、長く走り続けたんで、草臥《くたび》れちまった」

屛風のぞきが顔を顰めると、横から場久《ばきゅう》が、その追跡がどうなったかを告げる。

「昼間の長屋です。皆、仕事に出ているから、誰もいない部屋も多かった。しかもその長屋は、棟割り長屋じゃなかった。出入りできるところが、戸口の側と縁側、二カ所あったんです」

深編み笠は人の居ない部屋へ入り、庭へ抜け、長屋から消えてしまったのだ。

「えっ？　消えた？　屋根に小鬼達がいたんだよね？」

「きゅべ、鳴家は出て行く深編み笠、見なかった」

小鬼達が、揃《そろ》って頷く。

若だんなと兄や達は、一寸顔を見合わせると、消えた男の行方について、話し始める。まずは佐助が、思いついたことを口にした。

「深編み笠は長屋を抜ける途中で、笠を部屋に隠したんじゃないのか？」

そして長屋の者の振りをし、あっさり人に紛れてしまったのではないか。佐助はそう疑ったのだ。

しかし金次は、首を横に振った。

「長屋に残ってたのは、おかみさん達が、ほとんどだった。二人男もいたが、どちらも年寄りの職人だったな。着ていたものも、灰色と茶の半纏《はんてん》だったし」

藍の着流しではない。妖達は困り果て、長屋でしばし、深編み笠を探していた。しかし見つからない内に、守狐が探しに来たので、一旦《いったん》長崎屋へ帰ってくることにしたのだ。場久が、情けなさそうに話をくくる。

「若だんな、あたし達、失敗しちまったんです」

妖達は、身を縮こまらせている。その情けなさそうな顔を見て、若だんなはまず、皆を慰める言葉から口にした。

4

若だんなが辛あられを配ったので、長崎屋の妖達は、元気を出した。そして次の日皆で、若だんなに頼まれたことをやりに出かけた。

若だんなは寝床で寸の間考えた後、妖達が首を傾げるようなことを頼んでいた。

「深編み笠は昨日、神社と、お店と、長屋へ行ったんだよね？　なら影内などから、そこをもう一度、探して欲しいんだ」

「探す？　深編み笠を探すんですか？」

「藍色の着物を探して欲しい。深編み笠が着ていた着流しだ」

藍色の着物は、良く見かける。だが青の色合いは、結構違うものであった。

「お武家が好む褐色《かちいろ》と、商家の奉公人が着るお揃いのお仕着せじゃ、藍でも随分違うだろ？　深編み笠が着ていたのと同じ藍色の着流し、傍で思うより、数は少ないだろうって思うんだ」

「なるほど。しかし若だんな、着流しを神社でも探すのかい？　まあ、いいけど」

妖達は首を傾げつつ、辛あられの残りと共に、離れから出ていく。すると一番に、屏風のぞきが小鬼と共に帰ってきて、伏せっている若だんなへ語り出した。

「若だんな、若だんな！　見つけた、あった、神社に着流しがあった！」

深編み笠が着ていた着物に間違いないと、屏風のぞきが言う。深編み笠の着ていた着流しは、同じ藍色でも青みが強かった。

「見れば、結構違うって分かるもんだな。あの男の着物の色、あたしにも見分けられたよ」

佐助が頷き、どこにあったのか問う。

「それがな、兄やさん、どこだと思う？」

「きゅい、行李《こうり》の中」

問うた端から、一緒に行っていた鳴家が答えてしまい、屏風のぞきが怒り出す。しかし鳴家は、布団の中へ逃げてしまったので、若だんなが屏風のぞきを宥《なだ》めることになった。

「見つけたのは、凄《すご》いね。それで、誰の行李だったの？」

「それがねえ、若だんな。行李は神主さんの部屋にあった。禰宜《ねぎ》の着物と一緒にきちんと畳まれてた」

影内を動ける妖でもなければ、見つけることは難しい場所にあったのだ。若だんなが、それを見つけた事を褒めると、屏風のぞきと小鬼は、似た感じに胸を張る。

「だけど妙だよなぁ。昨日あたし達は、あの深編み笠の男を、ずっと追ってた。神社へ逃げ込んだ時も、一時姿を見失ったけど、直ぐにあの笠を見つけたんだ」

深編み笠は神社から出て行ったのに、どうして藍の着物が神社に残ったのだろうか。

「訳が分からん」

するとこの時、金次やおしろが離れへ帰ってくる。

「若だんな、褒めて下さいまし。深編み笠の着物、見つけましたよ」

「へっ？」

屏風のぞきが、目を丸くした事には構いもせず、おしろが話を進める。

「深編み笠が入り込んだ、瀬戸物屋にあったんです。奉公人達が寝起きする二階の、行李の中にありました」

まるで奉公人の着物の一枚のように、畳まれていたという。

「あれじゃ、余程気を付けて見ていないと、分からないです」

着物に気がついたのは金次だという。貧乏神が横で頷いた。

「深編み笠の藍の着物、妙に貧乏くさい感じがしてたんだ。で、貧乏が香る行李を、瀬戸物屋で探したってわけさ」

金次によると、貧乏くさくはあるが、藍の着物は、そこそこ新しかったという。

「何で瀬戸物屋に、藍色の着物を残していったのかね？　じゃあ、あの瀬戸物屋を出て、長屋へ追っていった時、深編み笠が着てた着物は何だったんだ？」

さっぱり分からないと、金次達が言う。若だんなは眉尻《まゆじり》を下げた。

「あらま、分からないことが、二つになってしまった」

するとそこへ、今度は鈴彦姫《すずひこひめ》や場久が、戻ってくる。二人は何と、藍色の布きれを一枚手にしていた。

「若だんなぁ、凄いものを見つけました」

場久によると、藍地の布は、深編み笠の男が消えた、長屋にあったという。

「着物をほどいて、洗って、板張りにしてあったんだ。ばらばらになってたから、あの深編み笠の着物だと、直ぐには分からなかった」

だが鈴彦姫は、洗ってあった布全部を見て、求めていた着物だと知った。

「この布の色、あの深編み笠の男が着ていた着物と同じです。あの男に力を貸す者が、あの長屋にいたんですよ」

それで、長屋へ逃げ込んだ深編み笠は、逃げられたに違いない。そしてその者は、深編み笠の着物をほどいて洗い、大事な目印の着物を、傍目には分からない、ただの布きれにしてしまったのだ。

「深編み笠の着物、見つけてきました。若だんな、褒めて下さい」

若だんなは頷いて、布団の中から、ちゃんと二人へ感謝を告げた。だが、ここで屏風のぞきや金次達が話に加わってきたので、事がややこしくなっていく。

「深編み笠が着てた着物は、神社の行李に入ってた着物だ。間違いないよ」

「きゅいきゅい」

屏風のぞきと鳴家が言うと、横で金次が、きっぱり首を横に振る。

「屏風のぞき、貧乏神が、貧乏の匂いで嗅《か》ぎ分けたんだ。深編み笠が着てたのは、瀬戸物屋にあった着物の方だ」

おしろも頷いたが、鈴彦姫と場久は納得しない。

「私たちが持ってきた、この藍色の着物が、深編み笠の着物です。わざわざほどいて、見つからないようにしたんですから」

「鈴彦姫、似た藍色の着物を、洗っただけじゃないのか？　布きれだけじゃ分からんぞ」

屏風のぞきがそう言ったものだから、鈴彦姫が怒った。

「そっちのお二人には、証《あかし》の品すらありませんよ」

「あたしの話は、貧乏神の確信付きだ」

「一番に着物を見つけたのは、この屏風のぞきだぞ」

「こと、貧乏に関しちゃ、貧乏神の言葉の方が、確かだ」

「ちゃんと布を持って帰ってきた、私と場久の言葉が、重いと思います」

「きゅい」

「きゅわわ」

「きゅべ、お饅頭《まんじゅう》」

ここで、若だんなの傍らに居た佐助が、さっと手を上げると、三組の妖達が黙った。

すると仁吉が、若だんなの顔を覗《のぞ》き込み、さて、若だんなはどう考えてますかと、柔らかく問うてきたのだ。

(考える事すら出来なくなったら、死人と変わらないって、私が言ったからかな。兄や達、気を遣ってくれてる)

ならば、安心させなくてはならない。布団の中にいても、ちゃんと考えられていると、若だんなは頷いた。

(私は……やっていけるよね？　多分、思っていたより、ずっとずっと、情けなくも落ち込んでいたけど)

暗い気持ちの穴へ、これ以上落ち込んではいけない。道を駆け回り、剣術をして過ごせた毎日を、無くしたと嘆き続けるのは嫌だ。

(布団から頭を出せ。泣きべそをかくな。私はこの長崎屋の、跡取りなのに)

体がまた弱くなっても、気持ちまで情けない者になってはいけない。大事な妖達に呆《あき》れられてしまうのは……心底、嫌だった。

若だんなは、必死に布団から顔を出すと、兄や達や、妖らへ目を向けた。そして寝ていても、ちゃんと浮かんだ考えを伝えてみる。

「こほっ、あのね、深編み笠の着物、どれが本物かってことだけど」

小鬼達が布団の中で、きゅいきゅいと鳴いている。

「三つとも、本物だと思う」

「はぁっ？」

　珍しくも、妖達の眉間に縦皺が入った。

「若だんな、あたしらが、がっかりしないよう、皆に甘いことを言ってるのかい？」

　屛風のぞきが、若だんなを覗き込んでくる。その問いには、首を横に振った。

「違うよ。本気の話だ」

「深編み笠が、着ていた着物だよ。どうやったら三着に増えるんだ？」

　若だんなは頷き、返事をしようと口を開いたが、こほこほと咳き込み、なかなか話せない。するとここで仁吉と佐助が、短く声を漏らした。

「ああ、そういう事ですか。分かりました！　なんてこった」

「なるほど」

　兄や二人は目を見合わせている。

「入れ替わったのは、着物じゃないんですね」

「きゅんべ？」

　残りの妖達が首を傾げる中、まずは佐助が口を開いた。

「若だんな、似たような藍の着物を着て、深編み笠を被った誰かが、途中で逃げる役目を、代わったんですね」

こほっと咳き込みつつ、頷いた。すると仁吉も語り出す。

「神田へは行っていないと、証が立つ人が、神社にいたんでしょう。そしてその男が、逃げていた深編み笠と入れ替わった」

勿論《もちろん》それでも、捕まらない方が、後が楽だ。だが一度入れ替わっても、逃げ切れなかったので、もう一度瀬戸物屋で入れ替わった。それから長屋へと向かったのだ。

若だんなが、ここで話を足す。

「こんっ、瀬戸物屋で、深編み笠を被ったのは……女の人じゃないかな」

「お、おなご？」

「おなごでも、藍色の着物を着て、深編み笠を被っていれば、遠目には男か女か、分からなかったと思う」

ずっと男だと思って、追っていたのだ。途中からいきなり女に代わったとは、思い辛かったに違いない。そして。

「長屋には、おなごが沢山いたんだよね？　おなごなら、着替えて部屋から出れば、深編み笠だとは思われずに、他のおかみさん達に交じれるよ」

だが藍色の着物を、部屋に残しておくのは拙《まず》い。その着物は、見られているのだ。

鈴彦姫と場久が、顔を見合わせた。

「あ、だから着物を洗濯したんですね。洗うとき、着物をほどけば、一枚の布になる。ぱっと見には、分からなくなるもの」

藍の布はその後、別の形に縫い直せばいい。妖達は納得したが、仁吉は顔を顰めた。

「でも若だんな、そういう話が成り立つとすると、藍の着物は元々、何枚かあったことになります。神社や店、長屋に、深編み笠の仲間がいたことになりますよ」

つまり何人かで同じ着物を着て、手間と金を掛け、深編み笠の役をやっていたのだ。

「ただの物盗《と》りが、そんな手間のかかることをしますかね。若だんなは、何が起きていると考えておいでですか？」

若だんなはしばし考え込んだ後、まだ答えは出ないと白状する。ただ。

「金目当てじゃないと思う」

そして襲われた方は、深編み笠の本当の目当てを、分かっているのかもしれないと言葉を続けた。

「だから今まで、襲われたと訴える人が、現れてないんじゃないかな」

日限の親分達岡っ引きが、手をやいているわけだ。

「なるほど。では、何のために顔を隠し、人を襲ったのか、突き止めねば」

若だんなが巻き込まれ、寝込むことになった件だから、兄や達はきっちり調べあげると言った。そして顔を揃えている妖達に、もう一度元の神社や、店や、長屋に戻れと言ったのだ。

「鈴彦姫達が、藍の布を持ち帰ってる。そのことを知ったら、深編み笠の仲間達は、一度会って、話し合いをするかもしれない」

影の内に潜み、行李の側《そば》で待っていれば、やってきた者達の話を聞ける筈と言う。

「深編み笠の仲間の名や、目的が分かったら、離れへ戻ってくるように。これからどうするか考えるから」

妖達は頷いたものの、深編み笠が何人もいるという話は、半信半疑であった。

「でも、気になるから確かめてくるよ。放っておいたら、飯も菓子も、喉《のど》を通りそうにないし」

「きゅい、屏風のぞき。鳴家はいつでも、食べることできる」

妖達はもう一度、離れから消えていった。

5

一時の後、長崎屋の離れに、妖達と、初めて見る客が並んだ。布団の横で、仁吉が眉を顰め、文句を口にする。

「若だんなは今、寝付いているんだぞ。そんな所へ、何で客人を連れてくるんだ！」

すると仕方が無かったのだと、妖達が一斉に言い立てる。屏風のぞきが、仁吉達が自分らを、表へやったからだと言った。

「あたし達はさ、まずは神社に行ったんだ。そしたら神主と、瀬戸物屋の手代と、長屋で見かけたおかみが、社務所で集まってたんだ」

そして、何枚かの藍色の着物を真ん中に置き、魂消るようなことを話し合っていたという。つまり、離れへ連れてきた三人は、深編み笠を被り、藍の着物を着ていた者達なのだ。

「は？」

佐助が目を丸くする。

「この三人が、自分達のことを、深編み笠だと言って名乗り出たのか？」

「佐助さん、ちょいと違う。神社に、証の着物が揃ってたんでね。あたし達は影から出ると、社務所へ乗り込み、まずは長崎屋の者だと、きちんと名乗りました」

「えっ、そこで名乗ったの？」

　思わぬ話が続いていく。

「そうなんだよ、この屏風のぞきは、きちんとしてるだろ？　で、あたしは神主さん達に、あんた達が岡っ引きが追ってる、深編み笠だろうって聞いたんです」

「初めて会った三人に、あんた達は、岡っ引きに追われてる筈だって言ったの？」

証もあると言ったら、三人がじき、頷いたと言うので、若だんなは床内で呟き込んだ。驚くような問答だったが、屏風のぞきは、当人達からちゃんと真実が聞けて、良かったと言っている。

「すると神主さんが、あたしらが、どうしてそんなことを知っているのかって、問い返してきたんです」

　それで妖達は、深編み笠に追われた者が、大八車を倒し、若だんなが寝込んだ件を話したのだ。それで深編み笠を探し、社務所の三人に行き着いたと告げた。

「そうしたら、このお三方が、若だんなに謝りたいって言い出したんですよ」

「ほ、ほう」

一見真っ当そうでいて、何か奇妙なやりとりに、仁吉と佐助も呆然《ぼうぜん》としている。ここで金次が、にやりと笑った。

「三人が素直なんで、この金次は、試しに聞いてみたんだ。何で深編み笠を被って、人様に迷惑を掛けてるのかって」

三人は神主と奉公人と、おなごだ。酔狂で、やっている事とも思えなかったからだ。

「そしたら三人は、とんでもない事を、言い出したんだよ」

「これ以上とんでもない事って、何なんだろ」

若だんなには分からない。

深編み笠の騒動がどうして起きたのか、妖らはちゃんと聞いた。すると妖達は、話をどう収めたらいいのか、分からなくなってしまったという。おまけに神主達から聞いた話を、間違えずに長崎屋で語れるかも、自信がなくなったらしい。それで。

「この三人に、離れへ来てもらったんだ」

実は三人も、これからどうするべきか分からず、困ってしまった所だという。だから、思いがけず縁を得た若だんな達に、一度全部話してみたい。そう言って、喜んで付いてきたのだ。

兄や達がうめいた。

「追っていた深編み笠達の悩みを、我らが聞くのか？　もしやお三方は、我らに手を貸して欲しいと、願ってないか？」

疑わしそうに言う兄や達の前で、三人は頭を下げ、神主の公彦《きみひこ》、長屋のおかみ、おとく、瀬戸物屋の手代八助《はちすけ》だと名乗る。

まず神主が、事を語り始めた。

「去年は、酷《ひど》い日照りが長く続きました。長崎屋の方々も、覚えておられる事と思います」

深編み笠になっていた神主は、若だんなが十ヶ月も長崎屋を離れるきっかけを作った、あの日照りについて語り出す。驚いた兄や達は、話を止めずに聞いた。

「あの時、私は生まれた村で雨乞《ご》いをしました。日照りで作物が枯れただけでなく、暑くて倒れる者が何人も出ていた。必死でした」

村の神社には、神主が住んでいない。それで用があるときは、公彦が江戸の神社から行く事になっていた。横にいるおとくと八助も、今は江戸で奉公しているが、北豊《きたと》島《しま》にある村の生まれで、その儀式に出ていた。

「すると、です。儀式の途中、魂消ることになった。実際見た我らとて、信じられないような事が起きたんです」

だが夢まぼろしではないと、公彦は言い張った。多くの村人も目にした。八助もおとくも、己の目で見たのだ。

「空に龍神が現れたんです。確かに大きな目で、雲の間から、村を見下ろしていたんです」

「きゅんい、龍、いる」

龍は一寸で消え、村の皆は、言葉もなく立ちすくんだ。すると怪異は続いた。龍の消えた空から、神社へ何かが降ってきたのだ。

「ごほっ、何か?」

「それは、神社の屋根に落ちて跳ねた後、手すり飾りに、ぴたりと張り付きました。手で摑めば取れましたけど、磁石のように金の飾りへ、くっついたんです」

焼けた石のように見えたが、ただの石ではなかった。日照りと病がはびこる中、空から龍神が、村へ降らせたものなのだ。

村人は石に不吉なものを感じ、どうするべきか困った。すると村の古老が、病が収まり、日照りも終わるよう、龍の石を大切に祀《まつ》ろうと言い出した。

「龍が下さったものだ。粗末に扱えば、厄災が、また村を滅ぼすだろうと言うんです」

「また、とは？」

場久が問うと、北豊島にある村には、言い伝えがあるのだと神主が言う。まれ人が訪れ、村が危機に陥ったという昔話だ。

「昔、酷く作物の出来が、悪い年があったそうです。そんな時、まれ人、つまり見たことの無い旅人が、村に来たと言います」

食うに困っていた村人は、悪行と分かった上でまれ人を襲い、荷を奪った。すると。

「程なく、まれ人が泊まった家から流行病《はやりやまい》が広がり、村の半分が、命を落としたと言われています」

二度と、同じ間違いをしてはならなかった。また病が流行ったら、今度こそ村は滅ぶかもしれない。明日の生き死にを懸け、村人は、龍の石を大事にすると決めたのだ。

ここで神主が、顔を顰める。

「ところがある日、村の神社から、龍の石が奪われました」

奪ったのは、地元の代官だという。

「天から落ちてきた石の噂を聞き、江戸の旗本が欲しがったとか。それで龍の石を、代官が取り上げたんです」

石を失えば厄災が起きると、村人達は必死に訴えたが、代官は龍の石を、江戸へ送ってしまった。

「龍の石を贈り物にして、もっと上の役職に就く腹づもりだと、噂になりました」

代官は、村に病が流行ったという昔話など、気にもしなかった。何としても返さない気だと知り、村人達は決断を迫られたのだ。

「無理矢理取り返すか、厄災を覚悟し、揃って村から逃げ出すか、二つに一つでした。以前、村の半分が死んだことは、過去帳に書かれています。嘘《うそ》ではないんです」

それで……一か八か代官の手から、盗み返す事に決めたのだ。村から石を持ち出したのは、代官所の長田熊野助《おさだくまのすけ》という武家だ。石は、その長田か、代官所出入りの商人山口屋《やまぐちや》か、江戸で代官が親しくしている芸者、おかやの所にあるかと思われた。

ただ、龍の石を取り戻す為、村人が江戸へ出て、何日も泊まるとなると、金がかさむ。よって江戸で暮らす神主公彦と、八助と、おとくが、石を取り返す役目を言いつかった。

「けれど我らは盗みなど、したことがありません。もしもの時、三人が一遍に捕まるのは拙い。一人で行っている事に見せようと、同じ藍色の着物を着て、顔を隠す深編み笠を被ったんです」

三人は長どすも用意し、山口屋の主と手代、熊野助とおかやを付けてみたが、人から怪しまれるのみで、石を取り戻せない。そしてその内三人は、他の不安を抱えるようになってしまったのだ。

「龍の石が、ずっと江戸にある事が、恐ろしくなったんです。いきなり流行病が湧《わ》いて出たら、江戸は、どうなってしまうことか」

江戸の半分が流行病に倒れたら、そこから日の本中に病が広まり、日の本が終わってしまいそうであった。話はどんどんと、思いも掛けない方へ逸《そ》れていき、気がつけば、日の本全てを巻き込んでいた。

それで妖達は、話をきちんと若だんなへ伝えるのは、難しいと判じ、三人を離れへ連れてきたのだ。

「何と、江戸の半分が、病で死ぬかもって？」

兄や達が顔を強《こわ》ばらせた時、若だんなは布団の中で思わず、正直な考えを口にしてしまった。

「あらら、真っ先に、私は死にそうだね」

「そんなことは、許せませんっ。その龍の石、すぐさま始末しなくては」

佐助は、急ぎそう言ったが、仁吉は、努めて落ち着いた声を出した。

「佐助、騒ぐな。その龍の石だが、本当に流行病を呼ぶ物かどうか、まだ分からん。私はそんな話、聞いたことがないんだ」

するとと猫又のおしろは、怖いのか着物から尻尾《しっぽ》を出し、震える声で言う。

「でも仁吉さん、龍の石は、天の星が代替わりする時期に、降ってきたんですよね？　若だんなが巻き込まれた件だって、考えたこともない話でしたよ。今回も何が起きるか、分かったもんじゃありません」

本当に、このお江戸の人が半分、病で死んでしまったら。妖達は怖いと言った。

「冗談じゃない。そんなに死んだら、後の半分も江戸から逃げるぞ。江戸には、誰も居なくなっちまう」

そうなったら屏風のぞき達は、どうなるというのだろうか。

「きっとあたしの本体は、家に取り残されちまうんだ。家はそのまま残るけど、中には誰もいない。道を歩いてもない。そんな町に、取り残されちまうんだ」

「ほ、本体って、何なんです？」

神主達が驚き声を掛けても、屏風のぞきは青い顔で、返事も出来ないでいる。その横で、金次までもが怖い顔になった。

「そもそも人が居なけりゃ、貧乏になる者も居なくなる。神主さん、そいつは拙い。この身が細るほど、怖い話だぞ」

「あの、骨が浮き出て見えますが、それ以上瘦《や》せるんですか？」

「決めた。この金次は、お前さん達が龍の石を取り戻す件に、力を貸すぞっ」

「鈴彦姫も、協力します。若だんなを守らなきゃ」

兄や二人が、離れでぬっと立ち上がった。

「龍の石の件は、この後、長崎屋が力を貸すことにする。神主さん、もし龍の石を取り戻せたら、その後の事は心配しないでいい」

知り合いの高名な僧、寛朝《かんちょう》に仲立ちしてもらって、代官所では手を出せない、大きな神社に石を納めてもらう。兄や達は、そう言ったのだ。

「おおっ、そんなつてが、おありでしたか。それは助かります」

神主もいない北豊島の神社では、大事な龍の石を守り切れず、代官所に奪われてしまったのだ。佐助は頷いた後、さっさと事を終わらせようと言い出した。

「流行病が起きて、若だんなに移ったら大変だ」

だが、とんでもない話が終わると、そもそもの問題が残り、佐助が首をひねる。

「さて、どうやって龍の石を取り戻せばいいんだ？　代官や商人達の内、誰が持っているか、在処《ありか》も掴めてはいないのだろう?」

皆で互いを見つめたが、口を開く者がいない。ここで、若だんなはにこりと笑うと、布団の内から手を振り、案を一つ出した。

「長崎屋で、買い取ったらどうだろう」

「えっ?」

「龍の石は、贈り物にする気なんだよね。なら代官に、より良い品を見せれば、龍の石と交換してくれるかもしれないよ」

龍の石が、天から降ったという話は面白いし、磁石のように鉄にくっつくのも、並ではない。だが石は、焼け焦《こ》げており、ぱっとしない見た目らしい。

「きっと交換できるよ。お金で買うことだって、できるかもしれない」

そして長崎屋には今、石を買えるだけ金があった。何に使うのか悩む、若だんなの為の金が、千両箱に入っているのだ。

すると、金次が唸《うな》った。

「若だんな、そいつは真っ当な話だ。しかも、ちゃんと龍の石を、手に入れられそうな気もするよ。だけどさ」

勝手に村の物を奪った代官が、得をするようなやり方だから、金次は話が気に入らないのだ。

「もっと、すっとする終わり方を考えられないかね？　例えば、代官を貧乏にするとか、さ」

金次は貧乏神だから、嫌な代官に、責任を取らせたいと願っているのだ。すると兄や達や妖達、北豊島の三人までもが大いに頷いたので、若だんなが笑った。

「そうか。じゃあ、もっと納得出来るやり方を、誰か言ってみて。代官達を、やっつけるだけじゃいけないよ。龍の石を取り戻して、流行病を防がなきゃ。皆が困ってしまうからね」

だが、この言葉を聞くと、皆、揃って唸った。そして随分待っても、他の考えは出て来なかったのだ。

「ぎゅべべ、何で？」

若だんなは、自分で山口屋へ文を書くと言い、咳き込みつつも筆へ手を伸ばす。だが仁吉は先に筆を取ると、取引の申し込みをさっさとしたため、寝て下さいと言ってきた。

文の返事が来れば、龍の石の一件は片が付き、終わっていくと思われた。

北豊島の村が龍の石を取り戻し、長崎屋は若だんなを守り、江戸の危機は救われ、悪代官は儲けることになるのだ。

6

若だんなが文使いを表へやると、北豊島村の三人は、大枚を出す事になった若だんなへ、深く頭を下げた。

「本当に、何とお礼を申し上げたらいいのか。我らが生まれた村では、金の用意など出来なかった。長崎屋さんの助力がなかったら、江戸が滅びてしまったかもしれません」

自分達ではろくな礼も出来ないが、北の村は川沿いにあり、夏は江戸市中より結構涼しいという。西瓜《すいか》が良く取れ、美味い。

「よろしかったら、いつか村においで下さい。歓迎します」

「おお、神主さん、村は涼しいとな。若だんな、暑い時期に伺ったら、体に良いかもしれませんね」

兄や達の機嫌が良くなる。

「きゅい、西瓜の半割、頭から飛び込んで食べるの、好き」

山口屋からの返事は、いつ来るか分からないので、北豊島村の三人は一旦帰っていった。すると妖達は、すっきりしない終わり方をしたから、気晴らしが必要だと言い出した。

「鍋《なべ》が食べたいねえ。そうしたら馬鹿《ばか》代官の件も、忘れられるってもんさ」

「屏風のぞき、頭に我らの拳固《げんこ》を喰らっても、忘れられると思わないか？」

「ぎょんげー」

小鬼達は、若だんなの布団に逃げ込んだ。

そして文使いを送ってから、二日後のこと。山口屋からの返事は、思いも掛けない形で長崎屋にもたらされた。昼前、未《いま》だに若だんなが寝付いている離れへ、突然、同心がやってきたのだ。

「おや、定廻りの旦那、いらっしゃいまし。確か、大山様とおっしゃいましたよね」

定廻り同心の姿形は独特だから、見ただけで誰だか分かった。だが大山は長崎屋の、馴染みの同心ではない。佐助が首を傾げると、見慣れぬ同心は驚いたことに、懐《ふところ》からまず、山口屋へ出した文を取り出してきたのだ。

仁吉が片眉を引き上げた。

「これは驚いた。そいつは長崎屋が、山口屋さんへ送ったものですね？　はて、何で旦那が、お持ちなんでしょう」

途端、同心は鬼の首でも取ったかのように、ふんぞり返った。

「分からないのか？　この文に、買いたいと書いてあった龍の石は、山口屋が、出入りの村の代官から預かった品だからだ」

山口屋は勿論、大事な石のことを、余所《よそ》で話してはいないという。なのに長崎屋から買い取りを望む文が来たので、どこから話が漏れたのかと、困惑しているらしい。

「このところ山口屋は何度か、深編み笠の男に跡を付けられているそうだ。襲われそうになり、何とか逃れたという」

深編み笠に襲われ出したのは、石を預かってからだ。しかし奪えないので、深編み笠は次に、買うと山口屋を欺《だま》し、石を取り上げようとしていると考えた。よって馴染みの同心に、助けを求めたのだ。

「長崎屋の若だんなとやら。お主こそ山口屋を襲った、深編み笠なのだろう。早々に白状するように」

「は？」

妖達がどよめく。

「おおっ、若だんなが、深編み笠だってぇのか。新鮮な考えだな」

同心が、若だんなを罪人呼ばわりした途端、昼間だというのに、兄や達の黒目が、針のように細くなった。若だんなは床の内で、身を強ばらせる。

(怒ってる。仁吉も佐助も、絶対同心の旦那のこと、怒ってる!)

おまけに、離れにいた屏風のぞきと金次が、にたぁと笑った。背中が冷たくなるような笑い方だったので、不吉な気がして、若だんなは布団の中で更に頭を抱える。

(さあ、この先何が起きるんだろ。わざわざ同心の旦那が、龍の石が今、山口屋にあるって言ってしまったし)

すると案の定金次が、ひらひらと兄やへ手を振り、表に用が出来たから、出かけてきますと言ってくる。若だんなは、顔を引きつらせた。

(わぁっ、金次達、やっぱり山口屋へ行く気だね。こっちを盗人呼ばわりするなら、本当に龍の石を奪おうって気になったのかな)

止めたいが、同心が目の前にいるのに、何と言ったらいいのか分からない。そして怒っている為か、兄や達はいともあっさり、妖達を表へ出してしまった。

「きゅいきゅい、きゅわきゅわ」

天井が軋《きし》み、声が遠ざかっていったので、小鬼達も飛び出したのが分かる。

(ああ、どうしたらいいんだ)

若だんなが心底困っている間に、離れでは更に、別の悩みまで起きてきた。兄や達が遠慮無く、同心の旦那へ怖い顔を向けたのだ。

「旦那ぁ、うちの若だんなを、罪人呼ばわりしたんですよね？　度胸の良いこって」

「は？　何だ、その言い方は」

同心は、偉そうな口調は崩さなかったが、明らかに腰が引けている。

しかし兄や達は、どちらが強いか、拳《こぶし》で示したりしなかった。仁吉は代わりに龍の石のことを、落ち着いた声で話し始めた。

「あの石のことですがね、知ってる者は、実は多いんですよ。北の村で雨乞いをしていた時、空から降ってきたのを、大勢が見てるんで」

その後、村人が神社へ祀ったので、近在の者達は、龍の石のことを拝んだ。

「それを代官様が、強引に取り上げたんです」

そのやり方が、厄災を引き起こすと噂になっており、長崎屋の耳にも入ったのだ。

「おや……そいつは知らなかった」

「うちの若だんなは、ここんとこ、病で寝付いてましてね。その不思議な石を買って神社へ奉納したら、善行故《ゆえ》に、具合が良くなるかと思いました。それで買いたいんですよ」

つまり、病で立てずにいる若だんなには、深編み笠を被り、人を襲うことは無理なのだ。

「旦那ぁ、分かって頂けますか、この話」

分からない場合、蹴飛ばせなかった深編み笠の代わりに、仁吉は同心を、蹴飛ばしたいようだと思う。

（そいつは……止められないかも）

若だんなは、空を飛ぶ同心の幻を見た気がした。

（ああ、どうしようっ）

するとその時だ！　中庭の木戸から、長崎屋へ出入りしている岡っ引き、日限の親分が駆け込んできたのだ。山口屋に頼まれた同心が、長崎屋へ乗り込んだ事を聞いたようで、顔色を変えていた。

「大山の旦那は、長崎屋の若だんなのことを、深編み笠だと考えておいでだとか」

しかしその考えは無理があると、長崎屋の皆を見つつ、親分は必死に訴えた。

「先日、深編み笠に追われた商人が、道で大八車をひっくり返しました。若だんなはその騒ぎに巻き込まれて怪我をし、今、寝込んでるんですよ」

つまり若だんなは、深編み笠に迷惑を被《こうむ》った側なのだ。

「うちの旦那は、その話を知っております。お聞きになってないのですか？」

長崎屋に来るのなら、縄張りの岡っ引きへ、一言言ってくれれば良いのにと、日限の親分から恨み言が漏れる。同心が若だんなへ、あらぬ疑いを掛けたからには、日限の親分も、長崎屋の主に頭を下げねばならないのだ。

「おや、寝込むことになったのは、深編み笠のせいなのか。その話は聞いておらんな」

山口屋は、自分に都合良く考えた話を、伝えたに違いない。大山同心の顔が強ばってきたので、そろそろ話を終えようと、若だんなは床から少し身を起こす。

「旦那、このたびはご心配と、お手数をおかけしました」

ただ、自分はこの通り寝てばかりで、深編み笠を被り、山口屋を追いかけることは無理なのだ。

「分かって頂けて、良かったです。そして、龍の石の件ですが」

山口屋が、同心に相談するほどこだわっている品なので、買い取りは諦《あきら》めると、若だんなはあっさり伝えた。

(石は手に入れたいけど……別のやり方を考えたほうが良さそうだ)

するとと同心がほっとした顔になり、頷いてくる。日限の親分は半泣きの顔で、同心の後ろから、そっと頭を下げてきた。

(石を買い取れば、終わると思ったのに。仕方ない、一旦仕切り直しだ)

若だんなが、妖らを呼び戻さねばと思った、その時だ。中庭の木戸がまた開き、日限の親分の手下が、庭に駆け込んでくる。

「あ、こちらにおられましたか。大山の旦那、山口屋さんが探しておいでです。店で一騒ぎ起きたんで、急ぎ、おいで頂きたいとのことです」

するとこれ幸い、同心は半分逃げだすように、長崎屋の離れを後にした。仁吉は片眉を引き上げ、佐助が手下へ、山口屋の騒ぎについて問う。

すると手下は、少し困ったような顔で言った。

「龍の石が、大変な事になったんですよ。何でも贈った相手のお旗本が、山口屋で手から落とし、割っちまったみたいです」

「えっ？　まさかうちの皆……何かやらかして……」

言いかけて、若だんなは急ぎ、己の口を手で塞ぐ。手下は首を傾げ、何でそんなことになったのか、詳しい事情までは知らないと言った。

そして、若だんなが、顔を強ばらせている間に、山口屋へ戻ると言い、木戸から表へと消えていった。

7

「若だんな、そう気を揉《も》まなくても、じきに妖達は帰ってきますよ」

佐助が笑って茶を淹《い》れていると、程なく妖達が戻って来た。だが皆は何故だか揃って、酷くつまらなそうな顔をしていたのだ。

「お帰り。山口屋で、龍の石が割れたんだって？　皆のこと、心配してたんだよ」

若だんなが床の内から話しかけると、屏風のぞきは心配掛けたと、何時になくきちんと言ってくる。そして。

「若だんなぁ、あたしらはまた、しくじっちまったよ」

妖達は、山口屋を懲《こ》らしめてやる気だった。強欲な代官の仲間だし、同心へ嘘を伝えた、悪い商人だからだ。

「それであたし達は、龍の石をこっそり奪うことにした。急に贈り物が消えたら、山口屋も代官も、立場がなかろ？　取り返した石は、北豊島村へ返そうと思ってたんだ」

長崎屋の妖達は、張り切って山口屋へ向かったのだ。

すると金次がここで、顔を顰めた。

「ところがさ、山口屋に着くと、思いがけない事が起きてた」

龍の石が来た後、深編み笠に追われ、頭を抱えた山口屋は、早く石を手放したくなったのだ。それで本当なら、豊島の代官が江戸に来るまで待ち、賑々《にぎにぎ》しく贈り物とする約束だったのに、ある旗本へ、さっさと石を渡してしまおうとした。

「旗本が酷く欲しがったので、断れずに石を渡した。山口屋は代官へ、そう言う気だったみたいだ」

妖達が山口屋へ行った時には、既に旗本が、店に現れていたのだ。

「あたし達は大急ぎで、龍の石の箱を探したんだ。けれど見つけた時、奉公人が現れて、箱ごと、石を持っていっちまった」

皆、これまでかと、涙を浮かべる事になったのだ。ところが。

「奪われるのが嫌だったのか、小鬼が箱を摑んじまって。奉公人は小鬼と石を一緒に、旗本の前へ出してしまったんだ」

「えっ？　鳴家は大丈夫だったの？」

若だんなと兄や達は、目を見合わせる。

「まあ小鬼は、人には見えないからさ。さっさと逃げれば良かったんだけど」

しかし、そうなってもまだ、鳴家は龍の石を盗《と》る機会を、狙《ねら》っていたらしい。箱の蓋《ふた》が開き、石が現れた時、その石に飛びつき、持ち上げてしまったのだ。

「……小鬼が石を、摑み上げたの？」

「でね、小鬼は見えないけど、石は消えない。龍の石はふらふらと、浮き上がってるように見えちまった」

魂消たのは旗本だ。代官は贈り物を、天から降ってきた宝の石だと話していたらしい。なのに龍の石は、焼け焦げた見た目だった上、気味悪くも目の前で、勝手に浮き上がったのだ。

「うわあって声を上げ、旗本は手で石を払った」

石は小鬼ごと吹っ飛び、縁側の先で沓脱《くつぬ》ぎに落ちると、割れてしまった。旗本は怒った顔で、あんな石は要らないと言い放つと、さっさと帰ってしまったのだ。

「おや、ま」

少なくとも、村から取り上げた龍の石を使い、旗本に取り入ろうとした代官のもくろみは、駄目になった。仲立ちをした山口屋は、事を急いだせいだと、顔色を蒼《あお》くしていたから、こちらも先々が心配になった。

するとお兄や達は、ぐっと機嫌良くなり、笑っている。

「面白いことになりました。後は、流行病の心配だけですね」

だが。

「きゅべー、石、こわれた」

声がしたので、金次の袖の内を見ると、小鬼が小さな欠片《かけら》を手にしたまま、うなだれている。小鬼の手を見ると、万物を知る白沢、仁吉は、にこりと笑みを浮かべた。

「ああ、これは天から降ってきた珍しい石です。でも、それだけの物でもありません。村や江戸を滅ぼすような、強烈なものではありませんね」

天の星の代替わりに巻き込まれ、若だんなが大事になったので、皆は、石を危うい物だと、つい考えてしまったのだ。北豊島にある村の皆も、似たように恐れていたのだろうと思う。

「あそこはかつて、まれ人が訪れた時、厄災に見舞われたそうだから」

その時の辛い思い出が、今回見た空の龍と重なった。落ちてきた石を、厄災をもたらす物だと思ってしまったのだ。

若だんなは笑みを浮かべると、ほっとし、大きく息をついた。

「江戸も北の村も、滅びずに済みそうで良かった。公彦さん達にも知らせよう」

見れば砕けた欠片は、小さいが磁石のように、離れの鉄瓶に吸い付いている。

「これを見せて、割れた龍の石だと言えば、納得して貰えそうだね」

後はこの欠片を、村の神社に納めれば良いだろうという話になった。

そして。かくも綺麗《きれい》に事が終わったというのに、離れの妖達は、やはり力なく、うなだれていたのだ。小鬼は胸を反らしているものの、屛風のぞきらは活躍出来なかったと、畳の上に転がってしまっている。

「何だかあたしら、ここの所ぱっとしない」

「妖達は、ちょいと気持ちが落ち込んでいるのかな？　私と一緒にこの十ヶ月、色々な事をして楽しんできたけど、それが急に止まったものね」

すると搗《つ》き立ての餅《もち》のように、畳に伸びていたおしろが、頭だけ持ち上げた。

「若だんなも、育ち直した毎日を懐《なつ》かしんでるんですか？　いよいよまた、寝付く日々になったから、悲しんでますか？」

「確かに、剣術が習えなくなったのは、残念だけど」

だが若だんなは今回の、龍の石の一件で、分かった事があった。そう言うと妖達が揃って、畳から顔を上げてくる。

「また寝付くことになっても、大丈夫そうだって、思えてきたんだよ」

長い付き合いの、皆がいるし。ここは長崎屋だし。そして若だんなは今日、北豊島村と江戸の明日を救うため、床の中から妖達と、頑張っていたのだ。

「そうしたら、天から降ってきた石の事だって、何とか出来た」

今はちょいと、体が持ち上がらないけど、きっと十日もすれば、また起き上がれる。二親が笑顔で、ほっとしたと言ってくれるに違いないと思う。鍋を作って、離れの皆と食べようと思う。

「きっと新しい楽しみだって、見つかる気がしてる」

だから。

「また、やっていけるよ。大丈夫だ」

だから床上げしたら、お祝いに、皆でご馳走を食べようと、若だんなは妖達に明るく言ってみた。すると小鬼達は布団から出てきて、若だんなをぺたぺたと、小さな手で撫でてくる。

「若だんな、明日も死なない？」

「うん、大丈夫だ。皆がいるし」

「なら鳴家も大丈夫。鳴家は賢い」

すると他の妖達も、不思議な程ほっとした様子になり、体から力を抜いていく。まるで妖達の時までが巻き戻り、若だんなが寝付いている前と同じような日々へ、行き着いて来たかのようであった。

「お、おや」

皆で過ごしていた、並だけど、とても楽しい時も戻ってくると、若だんなは思った。しょっちゅう寝付いても、遊び倒せなくても、若だんなが、皆と居たいと思っていれば、この離れは、皆が笑って寝転がれる場になるらしい。

ならば、だ。

(きっと明日からも、大丈夫だ)

妖達も、変わらず笑っていくだろう。それを心底分かる為、不思議な十ヶ月を過ごしたようにも、ようよう思えてきた。

(大丈夫、なんだ)

ただ。

そう思っていたのに、確かに大丈夫な筈なのに、若だんなは目に、突然涙が溢《あふ》れてきたのを感じ、狼狽《うろた》えた。

もう二度と、人並みに走り回れない事は分かっている。夢まぼろしのような日々を懐かしむのは、贅沢だとも思う。ただ。
理屈でもなく、ただ、ただただただ、涙が溢れてきて止まらなかった。目の前のもの全てが涙の向こうにあって、見えなくなる。どうやったら止められるのか分からな
いほど、涙は溢れつづけてきて、若だんなはどうしたらいいのかすら、分からなくな
っていく。
自分の震える声が聞こえた。酷く悲しそうに、しゃくりあげていた。情けなくて、
もっと、もっと泣けてくる。
止まらない……。
止められない……。
すると。
仁吉も佐助も、涙のことは何も言わなかった。ただ仁吉は、いつものように柔らか
い笑みを浮かべつつ、若だんなへ特製の、それはそれは濃い、薬湯を勧めてきたのだ。
うへえと思わず言ったら、妖達がどっと笑った。
涙がゆっくりと……止まっていった。

解説――もういちど、もういちど

斉藤壮馬

もういちど、次こそは……そう思っても、なかなか縁や機会に恵まれないのが人の世の常。そんな中、作品二十周年に寄せた文章（「小説新潮」二〇二一年一月号掲載）に続いて、再びこうして『しゃばけ』について書かせていただける幸運に、まずは感謝申し上げます。

さて、本作『もういちど』は、まさしくその二十周年にあたる年に刊行された、記念すべき二十作目の短編集です。「もういちど」という題名のとおり、ひょんなことから「星の代替わり」に巻き込まれ、なんと赤子になってしまった若だんな。そんな彼が、十ヶ月をかけて再び成長しなおすという物語となっています。

心配性だけれど頼れる兄《にい》やたち、仁吉《にきち》と佐助《さすけ》。愛くるしく賑《にぎ》やかな小鬼の鳴家《やなり》。飄々《ひょうひょう》として自由気ままな屏風《びょうぶ》のぞきや貧乏神・金次《きんじ》たち。おなじみの妖《あやかし》たちがたくさん登場する、作品愛好家にとっても嬉《うれ》しい内容の本作。読み心地のあたたかさと展開の妙は今回ももちろん素晴らしく、ぐいぐい引き込まれました。

赤子になった若だんなは、病弱だったのが嘘《うそ》のような健康優良児に。ぼくもそうでしたが、これまで若だんなを見守ってきた皆さまもきっと、「若だんな、元気に遊べるようになってよかったねえ」とほっこりすること間違いなしです。

「おににころも」では、五歳ほどに成長した若だんなが、長崎屋の寮のある根岸で友人となった勘助《かんすけ》と一緒に野山を駆けまわり、薬草を探します。この短編、謎解《なぞと》きもとても緊迫感があり、どきどきしながら読み進めていきました。

物語終盤、みんなに、最初から薬を渡せばよかったのに、どうして頼まれるまま出ていってしまったのか？　と問われた若だんなは、こう言います。

「われは一回、凄《すご》く悪い子に、なってみたかったの」

なぜだかこのひと言が、すっと胸に沁《し》みました。それはたぶん、ぼくも幼いころ、そう何度か考えたことがあるからでしょう。

私事で恐縮ですが、実は自分も幼少時は身体《からだ》が弱く、常に床についている……というほどではありませんでしたが、何度か入退院を繰り返していました。

病院の窓から外を眺めながら、熱にうかされた頭で色々なことを考えたものです。

ああ、昨日までは元気だったのになあ。

早くみんなに会いたいなあ。

いつ、また何も気にせずに外で遊べるんだろう。

両親や祖父母はとても深い愛情をそそいでくれていたし、不満など一つもありませんでした。けれど、いや、だからこそ、ちょっとだけ悪い子になってみたい。初めて会った知らない男の子と、一緒に冒険してみたい。心配したぞと、笑いながら叱《しか》られたい。そんな若だんなの気持ちが、しんみりわかるような気がしました。

続く「ひめわこ」では、さらに成長し体力のついた若だんなたちが、両国へと遊びに出かけます。遅くとも一年以内には元に戻るだろう若だんな。でもそれは、以前とまるっきり同じではなくて、いわば健やかな状態に生まれ変わった、新しい若だんななのだと語られます。

そんな彼に、兄やたちは、「今までのように、周りから、もり立てられるのではなく、旦那《だんな》様の片腕として学び、働くことになる」だろうと告げます。そして、「この両国での毎日が、忙しくなる前の、休息の時になるわけです」とも。若だんなはそれを前向きに受け止め、元に戻った暁には、みんなと同じように働く決意を固めます。

剣豪芝居を見に行った先で、浪人の五郎右衛門《ごろうえもん》と仲良くなった一行。剣を握るなんて夢のまた夢だった若だんなは、大興奮して五郎右衛門に弟子入りし、剣術を学びはじめます。

ここでもまたひと事件が起き、最後は芝居ではなく本物の闘いとあいなるのですが、勝負の行く末が見えそうになったとたん、若だんなは咳《せ》きこんでしまいます。心配し、休ませようとする兄やたちに、結末を見届けたいと懇願する若だんな。しかしその願いは叶《かな》いません。物語の最後の二行が、まさしく金属のように重く、心にのしかかります。

直《す》ぐ辺りに、刃物がぶつかる、もの凄い一撃の音が響く。
一太郎の咳《せき》が、それに重なっていた。

畠中先生の文章は、基本的には柔らかく優しい雰囲気をたたえていながらも、決して綺麗事《きれいごと》だけを言うわけではなく、むしろこのような苦しい描写から目を背けないところが素敵だと思います。

若だんなも我々読者も、ここである予感を抱いてしまうでしょう。ああ、このまま成長してゆくにつれ、若だんなはまた、伏せりがちな状態に戻ってしまうのかもしれないな、と。

なんと残酷なことでしょう。野山を駆けまわり、剣術を習い、みんなとわいわい騒ぐことを、彼がどれほど夢想していたか。いいえ、むしろ、夢想すら浮かばないほど幼いころから、ほかの子と同じように遊べないのがふつうなのだと思って生きてきたのに、ひとたびその楽しさを知ってしまったら、もう無知なころに戻ることなどできないではないですか。

というのは大げさかもしれませんが、ぼくはこの二文を読んで、この先の物語を、ある種悲劇めいた雰囲気を感じながら読み進めました。

結論から申しますと、その予感は半分当たっていたともいえるし、そうでなかったともいえそうです。もちろん、そもそも文章を読む、物語を楽しむというのは、十人十色のやり方があって、唯一《ゆいいつ》絶対の正解があるわけではありません。その世界に浸って妄想するもよし、文と文のあわいを味わうもよし、本との対話というのは、こちら（読み手）が責任と誠実さを持ってさえいれば、とても自由なものです。

そういった前提のうえで、ぼく個人としては、なんと素晴らしい結末なのだ、と感じました。今更ですが、このあとのくだりで作品の結末に触れざるをえませんので、解説から読みはじめているという方がもしいらっしゃいましたら、まずはもういちど、いや、いまいちど冒頭に立ち返り、本編をお楽しみくださいませ。

＊

最終章の題名は「これからも」。もうこれだけでうるっときてしまいそうです。元の姿まで成長した若だんなですが、やはり今回も事件に巻き込まれ、以前とほとんど変わらない体質に戻ってしまいます。しかしそこは長崎屋《ながさきや》の切れ者、布団《ふとん》の中で知恵を巡らせ、安楽椅子《いす》探偵ならぬ、安楽布団探偵のように事件を追いかけます。

様々な謎を追ってきた彼らと我々ですが、ぼくとしては「これからも」の謎にもっともわくわくさせられました。若だんなは主に床についているので、実際に現場に行ったものたちの証言から推理をするしかありません。妖たちは人間とは理《ことわり》が違いますから、その証言もなんだか不思議。けれど一つ一つの断片を丁寧に紡《つむ》いでいく若だんなの頭脳が、とても頼もしく感じられました。

めでたく謎は解き明かされ、事件は一件落着。しかしなんだか、みんなの気分はぱっとしません。猫又《ねこまた》のおしろが若だんなに問います。

「若だんなも、育ち直した毎日を懐《なつ》かしんでるんですか？　いよいよまた、寝付く日々になったから、悲しんでますか？」

たしかに、剣術が習えなくなったのは残念だと彼は答えます。けれど、それは単に悲しく、残念なだけではありません。

「また寝付くことになっても、大丈夫そうだって、思えてきたんだよ」

長い付き合いの、皆がいるし。ここは長崎屋だし。そして若だんなは今日、北豊島《きたとしま》村と江戸の明日を救うため、床の中から妖達と、頑張っていたのだ。

「そうしたら、天から降ってきた石の事だって、何とか出来た」

今はちょいと、体が持ち上がらないけど、きっと十日もすれば、また起き上がれる。二親が笑顔で、ほっとしたと言ってくれるに違いないと思う。鍋《なべ》を作って、離れの皆と食べようと思う。

「きっと新しい楽しみだって、見つかる気がしてる」

だから。

「また、やっていけるよ。大丈夫だ」

なんと素晴らしい成長でしょうか。若だんなは、身体的には赤子になる以前とほとんど同じ状態に戻ってしまいました。けれどその心は、ずっとずっと大きく、たくましく育っていたのです。

ここまでぼくたち読者は、若だんなと、あるいは妖や兄やたちと一緒になって、十ヶ月を歩んできました。たどり着いた先が以前とさほど変わらない場所だとしても、どうでしょう、我々のまなざしもまた、読みはじめる前とは、だいぶ変わっているのではないでしょうか。少なくともぼくは、ほんのちょっとでも前を、上を向いてみようかなと、そんな気持ちになりました。

……と、机から顔を上げると、折しも今日は雨模様。外を見れば、曇り空からぽつぽつと、雨滴が落ちてきたようです。まるで、「これからも」の最後の最後で、若だんながこぼした涙のように。雨は次第に勢いを増して、世界を覆《おお》っていきます。

一つ息をついて本を閉じると、しばらく、現実と虚構の狭間《はざま》で宙ぶらりんになりました。いい本を読み終えたとき、いつもこんな気持ちになります。この余韻は自分だけのものだから、誰にも渡さずにじっくり味わいたい。鳴家たちにだって、絶対おすそわけしてやりません。

この感情に、名前などないのでしょう。でも、たしかにここにある。それを味わいたいから、これからもぼくは本を、物語を読むのでしょう。また、あのどきどきに出会いたい。もういちど、もういちど。そう願いながら。祈りながら。

（二〇二三年九月、声優）

この作品は二〇二一年七月新潮社より刊行された。

畠中恵著

しゃばけ

日本ファンタジーノベル大賞優秀賞受賞

大店の若だんな一太郎は、めっぽう体が弱い。なのに猟奇事件に巻き込まれ、仲間の妖怪と解決に乗り出すことに。大江戸人情捕物帖。

畠中恵著

ぬしさまへ

毒饅頭に泣く布団。おまけに手代の仁吉に恋人だって？　病弱若だんな一太郎の周りは妖怪がいっぱい。ついでに難事件もめいっぱい。

畠中恵著

ねこのばば

あの一太郎が、お代わりだって?!　福の神のお陰か、それとも…。病弱若だんなと妖怪たちの「しゃばけ」シリーズ第三弾、全五篇。

畠中恵著

おまけのこ

孤独な妖怪の哀しみ（「こわい」）、滑稽な厚化粧をやめられない娘心（「畳紙」）……。シリーズ第4弾は〝じっくりしみじみ〟全5編。

畠中恵著

うそうそ

え、あの病弱な若だんなが旅に出た!?　だが案の定、行く先々で不思議な災難に巻き込まれてしまい――。大人気シリーズ待望の長編。

畠中恵著

ちんぷんかん

長崎屋の火事で煙を吸った若だんな。気づけばそこは三途の川!?　兄・松之助の縁談や若き日の母の恋など、脇役も大活躍の全五編。

いっちばん

畠中恵著

病弱な若だんなが、大天狗に知恵比べを挑む！ 妖たちも競い合ってお江戸の町を奔走。火花散らす五つの勝負を描くシリーズ第七弾。

ころころろ

畠中恵著

大変だ、若だんなが今度は失明だって!? 手がかりはどうやらある神様が握っているらしい。長崎屋を次々と災難が襲う急展開の第八弾。

ゆんでめて

畠中恵著

屛風のぞきが失踪！ 佐助より強いおなごが登場!? 不思議な縁でもう一つの未来に迷い込んだ若だんなの運命は。シリーズ第9弾。

やなりいなり

畠中恵著

若だんな、久々のときめき!? 町に蔓延する恋の病と、続々現れる疫神たちの謎。不思議で愉快な五話を収録したシリーズ第10弾。

ひなこまち

畠中恵著

謎の木札を手にした若だんな。以来、不思議な困りごとが次々と持ち込まれる。一太郎は、みんなを救えるのか？ シリーズ第11弾。

えどさがし

畠中恵著

時は江戸から明治へ。仁吉は銀座で若だんなを探していた――表題作ほか、お馴染みのキャラが大活躍する全五編。文庫オリジナル。

畠中恵著

たぶんねこ

大店の跡取り息子たちと、仕事の稼ぎを競うことになった若だんなだが……。一太郎と妖たちの成長がまぶしいシリーズ第12弾。

畠中恵著

すえずえ

若だんなのお嫁さんは誰に？　そんな中、仁吉と佐助はある決断を迫られる。一太郎と妖たちの未来が開ける、シリーズ第13弾。

畠中恵著

なりたい

若だんな、実は○○になりたかった!?　変わることを強く願う者たちが巻き起こす五つの騒動を描いた、大人気シリーズ第14弾。

畠中恵著

おおあたり

跡取りとして仕事をしたいのに病で叶わぬ一太郎は、不思議な薬を飲む。仁吉佐助の小僧時代の物語など五話を収録、めでたき第15弾。

畠中恵著

とるとだす

藤兵衛が倒れてしまい長崎屋の皆は大慌て！父の命を救うべく奮闘する若だんなに不思議な出来事が次々襲いかかる。シリーズ第16弾。

畠中恵著

むすびつき

若だんなは、だれの生まれ変わりなの？　金次との不思議な宿命、鈴彦姫の推理など、輪廻転生をめぐる5話を収録したシリーズ17弾。

畠中　恵著

てんげんつう

仁吉をめぐる祖母おぎんと天狗の姫の大勝負に、許嫁の於りんを襲う災難の数々。若だんなは皆のため立ち上がる。急展開の第18弾。

畠中　恵著

またあおう

若だんなが長崎屋を継いだ後の騒動を描く「かたみわけ」、屛風のぞきや金次らが昔話の世界に迷い込む表題作他、全5編収録の外伝。

畠中　恵著

いちねんかん

両親が湯治に行く一年間、長崎屋は若だんなに託されることになった。次々と降りかかる困難に、妖たちと立ち向かうシリーズ第19弾。

畠中　恵著
高橋留美子ほか

しゃばけ漫画
―仁吉の巻―

高橋留美子ら7名の人気漫画家が、「しゃばけ」の世界をコミック化！ 若だんなや妖たちに漫画で会える、夢のアンソロジー。

畠中　恵著
萩尾望都ほか

しゃばけ漫画
―佐助の巻―

「しゃばけ」が漫画で読める！ 萩尾望都ほか豪華漫画家7名が競作、初心者からマニアまで楽しめる、夢のコミック・アンソロジー。

畠中　恵著
川津幸子　料理

しゃばけごはん

卵焼きに葱鮪鍋、花見弁当にやなり稲荷……しゃばけに登場する食事を手軽なレシピで再現。読んで楽しく作っておいしい料理本。

宮部みゆき著

本所深川ふしぎ草紙

吉川英治文学新人賞受賞

深川七不思議を題材に、下町の人情の機微とささやかな日々の哀歓をミステリー仕立てで描く七編。宮部みゆきワールド時代小説篇。

宮部みゆき著

幻色江戸ごよみ

江戸の市井を生きる人びとの哀歓と、巷の怪異を四季の移り変わりと共にたどる。〝時代小説作家〟宮部みゆきが新境地を開いた12編。

宮部みゆき著

初ものがたり

鰹、白魚、柿、桜……。江戸の四季を彩る「初もの」がらみの謎また謎。さあ事件だ、われらが茂七親分――。連作時代ミステリー。

岡本綺堂著
宮部みゆき編

半七捕物帳

―江戸探偵怪異譚―

捕物帳の嚆矢にして、和製探偵小説の幕開け。全六十九編から宮部みゆきが選んだ傑作集。江戸のシャアロック・ホームズ、ここにあり。

西條奈加著

金春屋ゴメス

日本ファンタジーノベル大賞受賞

近未来の日本に「江戸国」が出現。入国した辰次郎は「金春屋ゴメス」こと長崎奉行馬込播磨守に命じられて、謎の流行病の正体に迫る。

西條奈加著

善人長屋

差配も店子も情に厚いと評判の長屋。実は裏稼業を持つ悪党ばかりが住んでいる。そこへ善人ひとりが飛び込んで……。本格時代小説。

永井紗耶子著

大奥づとめ

―よろずおつとめ申し候―

女が働き出世する。それが私たちの職場です。文書係や衣装係など、大奥で仕事に励んだ〈奥女中ウーマン〉をはつらつと描く傑作。

澤田瞳子著

名残の花

幕政下で妖怪と畏怖された鳥居耀蔵。明治に馴染めずにいたが金春座の若役者と会い、新たな人生を踏み出していく。感涙の時代小説。

浅田次郎著

五郎治殿御始末

廃刀令、廃藩置県、仇討ち禁止――。江戸から明治へ、己の始末をつけ、時代の垣根を乗り越えて生きてゆく侍たち。感涙の全6編。

朝井まかて著

眩《くらら》

中山義秀文学賞受賞

北斎の娘にして光と影を操る天才絵師、応為。父の病や叶わぬ恋に翻弄されながら、絵一筋に捧げた生を力強く描く、傑作時代小説。

梶よう子著

ご破算で願いましては

―みとや・お瑛仕入帖―

お江戸の「百円均一」は、今日も今日とててんてこまい！　看板娘の妹と若旦那気質の兄のふたりが営む人情しみじみ雑貨店物語。

木内昇著

球道恋々

弱体化した母校、一高野球部の再興を目指し、元・万年補欠の中年男が立ち上がる！　明治野球の熱狂と人生の喜びを綴る、痛快長編。

江國香織著

つめたいよるに

愛犬の死の翌日、一人の少年と巡り合った女の子の不思議な一日を描く「デューク」、デビュー作「桃子」など、21編を収録した短編集。

江國香織著

すいかの匂い

バニラアイスの木べらの味、おはじきの音、すいかの匂い。無防備に心に織りこまれてしまった事ども。11人の少女の、夏の記憶の物語。

伊坂幸太郎著

オーデュボンの祈り

卓越したイメージ喚起力、洒脱な会話、気の利いた警句、抑えようのない才気がほとばしる！　伝説のデビュー作、待望の文庫化！

伊坂幸太郎著

重力ピエロ

ルールは越えられるか、世界は変えられるか。未知の感動をたたえて、発表時より読書界を圧倒した記念碑的名作、待望の文庫化！

恩田陸著

歩道橋シネマ

その場所に行けば、大事な記憶に出会えると――。不思議と郷愁に彩られた表題作他、著者の作品世界を隅々まで味わえる全18話。

恩田陸著

六番目の小夜子

ツムラサヨコ。奇妙なゲームが受け継がれる高校に、謎めいた生徒が転校してきた。青春のきらめきを放つ、伝説のモダン・ホラー。

もういちど

新潮文庫　は－37－22

令和五年十二月一日発行

著者　畠《はた》中《なか》恵《めぐみ》

発行者　佐藤隆信

発行所　株式会社新潮社

郵便番号　一六二－八七一一
東京都新宿区矢来町七一
電話　編集部(〇三)三二六六－五四四〇
読者係(〇三)三二六六－五一一一
https://www.shinchosha.co.jp

価格はカバーに表示してあります。

乱丁・落丁本は、ご面倒ですが小社読者係宛ご送付ください。送料小社負担にてお取替えいたします。

印刷・大日本印刷株式会社　製本・加藤製本株式会社

ISBN978-4-10-146142-7　C0193